若葉のころ

長野まゆみ

集英社文庫

若葉のころ

口絵　長野まゆみ

I

　あいにく桜のない晩春の庭も、隣家から舞いこむ花片の恩恵にあずかって景色が華やいだ。雨あがりの朝、墨色の土は新芽の息吹を含んで匂いたち、その面《おもて》を点々と零《こぼ》れる淡色《うすいろ》の花が彩《いろど》った。千草は日ごとに伸びてやわらかく土を起こし、庭はいつしか緑に蔽《おお》われる。なじみの野草にまぎれ、ところどころに見憶えのない双葉がのぞいた。秋口に庭先を訪れる鳥の落としものだった。

　不意の訪《おとな》いは、旅鳥の悪戯《いたずら》ばかりではない。凜一《りんいち》はつい先日、思いがけない葉書を受けとった。差出人は有沢《ありさわ》である。東京の御殿山《ごてんやま》の実家へ配達されたものが、ほかの品々といっしょに祖母の手を経て京都の寄宿先へ送られてきた。天海地《たかち》流の家元の立場を頑《かたく》なにくずさなかった祖母も、離れ離れに暮らすうち、凜一を孫としても扱うようになった。折々に心づくしの品を添えた小包が届く。門下生や手伝いの人が身近にいるとはいえ、凜一が留守の間は家元も独り暮らしになる。そんな心細さが、気丈な人にもふだんにはない親心を起こさせるのだとすれば、凜一としてはすまない気がした。無理やりに京都の大学を選んだ理由が理由だけに、なおさらだった。

こんどの便には、淡色のセーターが包んであった。桜の花を思わせる色合いで、衿《えり》刳《ぐ》りと袖口は紺で細く縁《ふち》どってあり、それがアクセントになっていた。だが、男ものとは考えにくい色でもある。「追って便りをいたします、とり急ぎ」と記したほかに添え書きはない。薫物《たきもの》の匂いがかすかにして、そのセーターがしばらくは祖母の箪笥《たんす》の中にあったことをうかがわせた。躊躇《ためら》う理由があって抽斗《ひきだし》に納めたのかもしれない。手編みのように見えることも、凜一を途惑わせた。華道の家元として多忙な祖母に、編み物をする時間があるとは思えなかった。

小包の中に、有沢の葉書も含まれていた。彼は凜一が高校二年のときに、一学年上級へ編入してきた。写真部の部室でたまたま出逢って以来、そのことばや身ぶりは凛一の気持ちを勁《つよ》く揺るがせた。被写体にならないかという誘いは、凛一が長いあいだ意図的に避けてきた自身の不安を浮かびあがらせた。内面など一切信じない。表にあるものがすべてだと云い切る有沢の写真は、被写体の厚みや質感をことごとく拭い去ろうとする。凛一の心情や意識には何の興味もなく、価値もないと事もなげにあしらった。

容赦のない相手だと悟ったとたん、逆に有沢から離れられなくなった。攻撃されるとわかっていて近づいてしまう。だからこそ、数年ぶりで受けとる消息にも気持ちを乱される。知り合って四カ月足らずでアメリカ在住の父親のもとへ発ち、直後に葉書を寄越したきり、あとは今回まで無音だった。凛一が気にするほどには、有沢がふたりの関わりを重視していない証拠だ。もとより、凛一が一方的に惹《ひ》かれていただけで、有沢にとってはたんなる被写体でしかなかった。

一昨年《おととし》の夏、公募による学生写真展が東京でひらかれ、凛一は従姉《いとこ》の省子《しょうこ》に誘われて会場へ出かけた。そこで、思いがけず有沢の写真に遭遇した。"Sial"〔表層〕と題した作品群で、どれもこれも徹底して叙情性を排してある。被写体の来歴をたどることは不可能だ。何であるかはむろん、質感や重量をまったく感じさせない仕上がりだった。かといって軽薄なわけではない。緻密な計算が窺《うかが》える。複数の像《フォルム》を重ね合わせ、あたかもひとつの面であるかのように見せる。輪郭と思えたものが、いったいどれだけの像《フォルム》によって成り立つのか、測りがたい。点も線も面も、意識としてしか存在しない。そんなことは百も承知で、逆説的に表層こそがすべてだと云ってみせるのだ。

有沢は裡《うち》なるものを信じない。感情的に寄り添うことを頑なに拒み、そのためには横暴でさえある。それは彼が抱える身体的な不安を打ち消す方便にも思えた。無茶をすれば、彼の心臓は途端に不調を訴える。凛一はその写真展のおりに有沢の現住所を知ったが、連絡はひかえた。情緒的なやりとりにはさらさら興味がない相手だ。京都の大学へ進学したことも知らせなかった。

届いた葉書には見憶えのある達者な筆《て》で、近く一時帰国するとだけ書いてあった。正確な情報を伝える気はないらしく、日時の記入はない。凛一と逢う気があるのかさえも不明だった。

「……今夜の食事当番だけど、」

ぼんやり庭へ佇《たたず》んでいた凜一は、声がした家の中をふりかえった。この春から、従弟《いとこ》の正午《まひる》が同居人になった。いつのまにか背丈も伸び、凜一に追いつく勢いだ。もともと姿の似ている従兄弟《いとこ》同士だったのが、同じ家で暮らすようになって影響しあい、いっそう近づいた。

池畔《ちはん》の一軒家を、ふたりで借りている。かつてここを棲処《すみか》にしていた叔父の千尋《ちひろ》は、結婚して所帯を持ったのを機に妻の実家へ移り住んだ。入り婿ではないが、義父とは妙に馬が合い、気楽な二世帯同居を愉《たの》しんでいる。叔父とはいえ、凜一とは十足らずしか齢《とし》の差がない。兄さんと呼ぶのが常で、御殿山の家へ同居していた時期もあった。

その千尋が、鎌倉の両親の援助を得てこの家を買い取り、居間や座敷の畳を板の間に張り替えた。気管の弱い凜一に配慮して、塵《ちり》や埃《ほこり》を吸う畳を避けたのだった。奥まった六畳間はそのまま残し、今は茶道家の正午が茶室として使う。だが、彼はしばらく正式の茶会をひらいていない。もっぱら凜一を相手に気の向くままに点《た》てるだけだった。

「代わってもらえるかな。研究室で花見があるのを忘れてたんだ。たぶん、新入生は雑用係にされるんだけど、」

ふたり暮らしの彼らは、炊事当番を一日交替と決めた。風呂の仕度や水まわりの掃除と込みになっている。とくに用のなかった凜一は、かまわないと答えた。朝食は、それぞれに済ませて出かける。きょうの一限目がない凜一は、まだ朝食を摂《と》っていなかった。じきに氷川《ひかわ》が訪れる予定だ。それを待って、外へ出かけるつもりだった。四月になって、まだ一度も顔を合わせていない。

この春から明倫館《めいりんかん》大の理工学部四回生になる氷川は、専門科目の演習に多くの時間を取られている。フットボール部の主将でもあり、春季リーグを控えて新チームの調整に忙しい身だ。同じ京都で暮らしていても待ち合わせて逢うことは少ない。互いの寄宿先の中間点にある賀茂川《かもがわ》の堤《つつみ》へ凜一が勝手に出かけ、時間があれば氷川が立ち寄るという了解ができていた。凜一はそこで過ごす時間を気に入っている。氷川が来ないとわかっている日でも、たびたび出かけた。

凛一のまっとうでない欲望は迷えば迷うほど氷川へ向く。有沢のことがあってさえ、氷川への想いを断てない。高校時代に知り合って以来、何度も退《ひ》こうとして、できないままに月日が過ぎた。氷川自身はごく当たり前の男だが、凛一の性分には奇妙なほど寛容な態度をとる。一方で女友だちとの交渉を持ちながら、凛一を拒まない理由は実のところ不明だった。だが可能なのは、キスをして互いの躰《からだ》に触れるぐらいで、抱きあって寝ても、下手をすれば学寮の悪ふざけの範囲でしかない。こんな状況をいつまで続けられるかわからないが、大学も専門も異なるふたりの間で卒業後の進路が話題になることはなかった。いずれにせよ、二回生の凛一はまだしばらく京都暮らしがつづく。

「帰りは遅くなると思うんだ。なるべく静かにするけど、起こしたら、ごめん。」

あらかじめ謝ることなど、以前の正午にはなかった。凛一は笑みを浮かべた。

「気にしなくてもいい。たぶん、その時間にはまだ寝てないよ。鍵はいつものところへ置いておく、」

合鍵は持ち歩かず、玄関先の甃石《しきいし》の下へ匿《かく》して共用する。苔《こけ》の塊《かたまり》でそれらしく隙間《すきま》を塞《ふさ》いであった。

「了解、」

明朗な声で返事があった。表向き、正午はすっかり落ちつきを取り戻した。大学へも通い、周囲とも馴染《なじ》んでいる。二年前に、身近な人間の悪意によって痛手を受けた彼は、心的な要因で独自の殻《から》に閉じこもってしまった。しばらくはことばを発することも、ふつうに躰を動かすことも困難で、長く入院せざるを得なかった。それまでの十六年間に彼が自分なりに築きあげた人格を毀《こわ》され、かろうじて残った土台にようやく仮の棲処を建てたのが、今の状態だ。まだ真柱《しんばしら》はなく、暮らしぶりは極めて危うい。

必ず立ち直ってみせる、と本人が口にしたとおり、二年という月日が正午の心身を一応は回復させた。凜一にたいして、むやみに反発する態度もおさまり、抑制されたやりとりに終始する。おとなびたと云えばそれまでだが、孤立を厭《いと》わずに意見を主張したかつての覇気がない。黙らせるのに苦心するほど饒舌だった彼が、今は口数も減り、凜一との間で頻繁だった他愛のない口争いも起こらなかった。

「お先に、」

硝子扉《ガラスど》の音が響き、正午は玄関を出て行った。近くの通りで大学方面へ向かうバスに乗る。直通の路線はなく、途中で別系統への乗り換えだった。入学式から三週間ばかりが過ぎ、理系の正午の講義はすでに本格化している。それが余分なことを考えたくない身には好都合のようでもあり、履修科目も多めに組んでいた。日曜日のほかは、朝から夕まで授業がある。

凜一が机に向かって家元への礼状を書こうとしていたところへ、玄関の硝子扉がふたたび音をたてた。来客かと廊下をのぞいた凜一は、引き返してきた従弟の腑に落ちない顔をそこに見つけた。

「忘れもの、」

「……ちがう、……お客さん、道を訊かれて、」

凜一は正午が指さした先に目を瞠《みは》った。廊下に有沢がたたずんでいる。まさか直《じか》に訪ねてくるとは、思いもしなかった。黒地に白のロゴが入ったチーム・キャップをかぶり、さらに同色のパーカにジーンズを穿いた気楽な恰好《かっこう》だ。有沢にしては、服装が子どもじみている。バックパックは旅行用なのか、やけに大きい。それを無造作に床へおろした。

「ご無沙汰、」

筋肉質の細身で、適度に日焼けしてもいる。循環器に弱点があるとは思えない躰つきの有沢は、顔だちも高校時代より精悍になった。身体的な不安による神経質な印象が消え、今は狂いのない縁《エッジ》を際立たせている。肱《ひじ》から指先へ至る精巧な骨格は、昔のままだ。かつて凛一を荒々しく扱った手は、変わらずに魅惑的だった。

「勝手にあがらせてもらったぜ。ずいぶん風流な家に住んでるんだな。……賄《まかな》いつきの下宿か、ここ、」

奥の台所をのぞいて云う。葉書一枚寄越したきりで、三年近くも間があった。だが、本人はそんなことを気にかけない。せいぜい半年ぶりに逢うほどの口ぶりだ。

「自炊です。叔父の家を、彼とふたりで間借りしてるんです。……従弟の小椋《おぐら》正午です。」

凛一は、訝《いぶか》しげな顔の正午を紹介した。軽く会釈を返した正午は、有沢の傍《かたわら》をすり抜けてふたたび玄関へ向かった。凜一はそれを見送り、有沢を居間へ連れだった。

「あれも、大学生、」

「そうです。この春、K大へ入学しました。有沢さんは、いつ着い……た……、」

先にたって歩く凜一を後ろから有沢が捉らえた。ふり向かせて唇を被《の》せてくる。動作は強引でも、無理やりに従わせようとするのでもない。有沢はいつもそんなふうだ。威圧的で放埒《ほうらつ》にふるまう一方で、どこか潜在的に迷っている。自覚はないらしいそのためらいや憂慮は、凜一には好もしいものだった。唇はいったん離れ、こんどは目を合わせた。わざと不機嫌であろうとする表情に反して、まなざしは切なさや不安を隠さない。その落差が、いつも凜一を惑わせる。

「名前を呼べよ、」

「……改《かい》、」

「聞こえない。もう一度だ、」

「……、」

声をだす前に、唇を塞がれた。そこへ、なぜか戻ってきた正午が割りこみ、有沢を凜一から引き離した。険しい睛《め》は凜一のほうを向いている。

「何を考えてるんだよ。……まずいだろ。追い返せよ。できないなら、代わりに追い払ってやる」

じきに氷川が来るのを正午も承知だ。この家での同居がはじまって以来、正午がこれほどはっきり感情をあらわしたのは、はじめてだった。長いあいだ、妙におとなしい態度だったのだ。その彼が、初対面の人物に向かっていきなり反発した。有沢が聞き流すはずもない。

「なんだよ。挨拶《あいさつ》しただけだぜ」

「いきなりキスはないだろう。何者だよ、あんた」

正午も子どもじみた口論をしかけた。以前の彼には珍しくないことだった。

「何それ、……妬《や》いてンの。そっちこそ何なんだよ。従兄に惚《ほ》れてるのか。だから髪型や姿を真似するんだろう。求愛の基本だよな」

有沢は正午の髪へ指をくぐらせ、それをわざと鷲摑《わしづか》みにした。

「……うる……さい、」

はらい退《の》けようとした正午は、逆に両腕を有沢にとられた。

「こんな華奢な腕で何ができる。……俺を追い払うって云ったよな。やれるもんならやってみな、」

正午の躰を廊下の壁へ押しつけた有沢は、つぎに衿を摑《つか》んで引き寄せ、そのまま唇を重ねた。凜一が止めに入る間もなかった。逃れようとするのを無理やりにつづける。こんなときの有沢は徹底している。相手があきらめて唇を弛《ゆる》めるまでやめなかった。やがて解放された正午はことばもなく、茫然と有沢を見据えた。

「……なんだよ。こんなのは、べつにどうってことないだろう。口寂しいときの間に合わせなんだよ。ガムを嚙むのと同じだ。寸前で止めてやったし。なんならイかせてやったほうがよかった……か……、」

正午の繰りだした平手が、こんどは有沢に命中した。

「出てけよ。勝手に人の家へあがりこむな、」

「凜一が極《き》めることだぜ、」

そう云いながら凜一をふりかえった有沢は、追い出されるとは微塵《みじん》も思っていない表情だった。正午は、廊下に投げだした自分のデイパックを拾いあげて無言のまま玄関へ向かった。

「……正午、」

家の外まで追ったものの、足の速い従弟にふりきられた凜一は、あきらめて玄関へ引き返した。打《ぶ》たれた有沢は笑い声をたてている。

「威勢がいいのな。凜一とちがってさ、」

ことの重大さが、有沢に解るはずもない。ことばを失うほどの打撃を受けた一件の後、正午は躰に触れられるのを拒むようになった。しばらくは、凜一の手が触れてさえ全身をこわばらせ、嘔吐した。去年ぐらいから女友だちとつきあうようになって、少しずつもとへ戻ってきたのが今の状態だ。有沢の暴挙に反撃したのは、正午が立ち直りつつある証《あかし》かもしれなかった。

「よく、顔をみせろ、」

廊下で待ちかまえていた有沢は、すり抜けようとする凜一をとどめた。

「……誰が来るって、」

「べつに誰も、」

凜一は有沢の腕を解《ほど》いて前へ進んだ。氷川が授業の前に寄るとすれば、もう遅すぎる時間だった。抜けられない用ができたと思ってもいい。昨晩は、女友だちが泊まったのかもしれない。凜一は机の前へ戻り、家元へ書きかけた手紙を片づけた。後をついてきた有沢は、彼の葉書とともに置いてあったセーターに目をとめた。

「なにこの色。……ピンクなんか着るのか、」

「祖母が送って寄越したんです。」

「着てみろよ。」

云われるまま、凜一は着ていたセーターを脱ぎ、Tシャツになった。そこを有沢に抱き寄せられた。両腕をすくいあげるように抱え、凜一を動けなくする。子どもじみた頑なさがあるのは以前と変わらない。薄手の服を通して有沢の骨格が感じられた。彼の不安の根源である心音が静かに伝わってくる。

「……おまえの祖母《ばあ》さんはまだ生きてるんだな、」

そのことばは、有沢が急に帰国した理由を凜一に悟らせた。黒ずくめの服装の意味も納得した。両親がともに不在がちな家庭の常で、有沢は祖母と過ごす時間が多かった。凜一が投げかけた視線に有沢も目で応えた。

「……昨日が告別式でさ、斎場で見送ったその足で京都行きの夜行バスに乗ったんだ。この恰好《かっこう》に、親戚が文句をつけるから火葬場には行かなかった。」

黒い服ではあっても、喪服ではない。わざわざその服装を選んだにちがいない有沢の捻《ひね》くれた心情は、かえって祖母への愛着をあらわしている。さんざん我儘《わがまま》を云った人に、今さら分別らしくふるまうことなどできない有沢の、精一杯の哀悼なのだ。情に濃《こま》やかな気質を、絶望的なまでに否定しようとする。相手にそれを見抜く気配があればなおさら攻撃的になった。

有沢があれほど正午にからんだのも、何かを悟られた確信があったのだろう。二年前の事件以来、正午は同性にたいして過剰に神経質な態度になる。二度と人を信頼できないし、好きになれないと云い切った彼が、ふつうに学生生活を送る状態にまで回復しただけでも、周囲の者は安堵した。有沢に手をあげたのは相当の進歩だ。

従弟の表情が、ああまで鮮明になるのはいつ以来だったかと、凜一は思い返してみた。感情のおもむくままを無防備にあらわすのが常だったかつての正午は、表情も豊かだった。それが、ここしばらくは笑顔を見せることも稀《まれ》で、興味の対象がどこにあるのかを知るのも容易ではなかった。

凜一にたいしては、以前のように好きでもないし信頼してもいないと宣告したままだ。まともにぶつかる諍《いさか》いもないかわり、気持ちが通った手応《てごた》えも今のところまだない。反発も共感もない不自然で静かな日々がつづいた。

「いつまで、こちらに滞在できるんですか、」

「K大工学部の舘《たて》教授って人の家に、招《よ》ばれてる。親父《おやじ》の友人でさ。二、三泊していけって。……俺は此処《ここ》のほうがいいけどな、」

それを、正午が承知するはずはなかった。

「此処《ここ》はぼくの家ではないんです。……それに、先刻《さっき》のようなのは困る。有沢さんにはほんの冗談でも、従弟にとってはそれでは済まないんだ。」

「なんでわかるんだよ。おまえより、余《よ》っ程《ぽど》平気な顔をしていたぢゃないか、」

有沢は立ちあがり、投げだしてあったバックパックを掴んで玄関へ向かった。引き留めようとする凜一の手を煩《うるさ》そうにはらい退けた。

「迷惑ならハッキリ云えよ。おまえはいつもそうやって、自分では何ひとつ判断しない。拒んだり、否定したりするのは骨の折れることだもんな。対立して人と争うには決心や覚悟がいる。高校のときと、ちっとも変わってないのな。……反撃も抗議もせず、自分だけ我慢したつもりになりたいんだろう。甘えるなよ、」

云い捨てて玄関を出ていった有沢は、凜一が追いつかないうちに通りでタクシーを停め、そのまま走り去った。有沢が怒りだすときはいつも唐突で、凜一は身構《みがま》える暇さえない。そのうえ投げつけられることばは、彼がこれまでに何度となく耳にした非難と一致する。凜一の言動や態度に、誰もが似通った苛立《いらだ》ちを抱くということだ。子どものころから、感情を表に出すのが下手だった。泣けばすんでしまうものを、泣きたいと思うより先に意識を失い、痛みを訴えずにいて躰が動かなくなる。そのくりかえしだった。家の中へ戻った凜一に、立ち寄れなかったことを詫びる氷川の電話が入った。

午后の授業を終え、凜一は千尋の家へ出かけた。とくに用があったわけではない。通りがかりの植木市で珍しくメギの鉢があるのを見つけて手に入れたのを、届けようと思いついたのだった。日木と書き、茎や葉はかつて眼病に効き目があると云われた。緑の葉の中に、鈴なりの小さな黄花を咲かせている。ガク片に紅《くれない》が交じり、華やいで見えた。「小禽《ことり》止まらず」との別名どおり、枝に繊《ほそ》い棘《とげ》がある。もっと見栄えのする海棠《かいどう》や馬酔木《あしび》の鉢があった中で、それを選んだ理由は凜一にもはっきりしない。なんとなく惹かれ、いったん通り過ぎたのを引き返して購《か》ったのだ。

花が落ちないよう、鉢ごと新聞紙でくるんでもらい、嵩《かさ》が八十センチほどになった包みを抱えて歩いた。凜一が不注意だったのか、道幅が足りなかったのかは定かでない。後ろから近づいてきた自転車と接触した。直前に気配を察して避《よ》けたものの間に合わず、はずみで鉢を落とした。鈍い音の具合で、くるんだ包みの上からでも砕けているのが解った。運の悪いことに、メギの幹も傷ついてしまった。

凜一はその場で毀《こわ》れた鉢を取りのぞき、苗と分けて包みなおした。ぶつかった自転車は、直後に走り去っていた。混雑する街中では、この程度の接触は互いの不注意ということなのだろう。釈然としなかったが、走り去られてしまった以上、打つ手もない。千尋の家は、そこから間もなくだった。商家ではあっても問屋なので、暖簾《のれん》はない。屋号を標《しる》した小さな行燈《あんどん》がひとつあるきりだ。通りに面した入り口をくぐり、屋根のない路地を奥へ進んだところが内玄関だった。凜一は声をかけて玄関の硝子扉をあけた。

「せっかく寄ってくれはったのに、ごめんなさい、」

あいにく本人は留守で妻の日菜《かな》が応対に出た。千尋は義父といっしょに組合の集まりに出ているのだと云う。歩きはじめたばかりの娘は母親のあとをどこへでもついてまわる。昨年の一月に生まれた子に、千尋は史野《しの》と名づけていた。好奇心が盛んな幼子は不体裁な新聞の包みをしきりに珍しがったが、凜一は持ち帰るつもりであえて中身を打ち明けなかった。そもそも鋭い棘のあるメギなどは、幼い子のいる家に持ちこむべきではなかった。史野の存在を忘れていたわけではないが、小さな子の細い指を目のあたりにするまで、メギの棘の鋭さを意識していなかった。日菜には千尋の帰宅を待って食事をしていくよう促されたものの、ありもしない予定を口実に辞退した。

家へ戻った凜一は、行き場のなくなったメギの包みを解《ほど》いた。折れた幹は回復しそうもなく、切り花にするほかはない。鋏《はさみ》を持とうとして、はじめて背中の痛みに気づいた。自転車とぶつかったあたりが筋にそって腫《は》れている。そのせいで腕を動かしにくかった。間の悪い日は、とことん厄《やく》がついてまわる。ひとまずメギの根を切って深水《ふかみず》に浸け、その間に患部をタオルで冷やした。腫れを中心に背中が熱い。凜一は氷嚢《ひょうのう》をつくり、背中へあてがってしばらく居間の床で横になった。

メギは長枝と短枝があり、春には直径が六ミリほどの小さな黄色い花を鈴のように咲かせる。夏には紅《あか》い果実をつけ、秋になれば鮮やかに紅葉する。四季を通じて趣《おもむき》があり、挿花《いけばな》や庭木として好まれた。だが、どうしたわけか家元はこの樹を厭《きら》う。挿すなとは云わないが、歓迎もしなかった。挿花の世界では、棘のある花を禁忌とする流派もある。だが、武家流の硬派の花として受け継がれてきた天海地流では、木瓜《ぼけ》をはじめ蛇結《じやけつ》茨《いばら》や枳殻《からたち》など棘の鋭い花材を古くから扱ってきた。メギだけを避ける根拠がない。

稽古場の増築をする以前の御殿山の家には、今よりも広い庭があった。凜一はかつてそこで、メギによく似た黄色の花を見たように思う。臘梅《ろうばい》、山茱萸《さんしゆゆ》、連翹《れんぎよう》、山吹《やまぶき》、未央柳《びようやなぎ》と、凜一の父はほかのどの花より黄花を好んだ。今でも黄色の花であふれる庭に、春先の目を愉しませてくれるメギがあったとしてもおかしくはない。だが、夢ともつかないあやふやな記憶では、誰に確かめようもなかった。

電話が鳴った。冷湿布をするのに襯衣《シヤツ》を脱いでいた凜一は、手近にあったブランケットを羽織って電話台のところへ行った。千尋が、昼間の不在の詫びを伝えに寄越したのだった。

「晩飯まで待っててくれたらよかったんだぜ、」

「風邪《かぜ》気味なんです。史《しい》ちゃんにうつすといけないから、」

とっさの嘘だったが、実際に躰を怠《だ》るく感じはじめていた。背中の腫れが熱を持つせいらしかった。

「そりゃ、気を遣わせて悪かったな。……何か用事があったんぢゃないのか、」

「思いついて、寄ってみただけです。」

メギに心あたりはないかと訊いてみたかったが、電話越しに義父母や日菜の声が聞こえ、小さな子を寝かしつけた後のおとなだけの団欒《だんらん》の時間をあまり長く割くのは気がひけた。

「そっちは変わりないんだろうな。正午とはうまくやってるのか。我儘を云うようだったら、追い出していいんだぜ。その家はおまえのほうに先住権がある。」

「大丈夫です。」

「いるのか、傍《そば》に、」

「出かけてます。」

「遠慮するなよ。……正午がここ何年もどんな状態だったかは、身内は皆承知してる。凜一の手に余るときは、ハッキリ云っていいんだ。」

正午の身に起こったことがいかに苛酷だったのかを、彼の両親や兄でさえ正確には知らない。千尋はむろんだ。本人をのぞけば、凜一がもっともよく事実を摑んでいる。一時的にせよ、正午はことばを失った。言語学で謂《い》うように、どの身体がどのことばを発するかが重要であるならば、ことばの喪失は身体を失うことでもある。実際彼は、ことばを失くすのと同時に歩行も困難になった。

いったん失くしたものを獲得するのに、正午は自らの身体を誰かに肯定してもらう必要があった。そのために彼が選んだのは、予備校で知り合った女子学生やその姉といった女たちだった。運動性の上で男であることを肯定するのは、意識との軋《あつ》轢《れき》をともなった身体そのものを肯定するより容易《たやす》い。それを境に、食事をして眠るごくふつうの日常生活を過ごせるようになった。それでもなお、もとどおりとはほど遠い。正午はまだ凜一にたいしても警戒心を解いていない。一定以上の親しさは示さなかった。彼の姿とそっくり同じ殻をまとった状態なのだ。

「正午だって努力してるんです。それがわかるから、ぼくもできることは手を貸したい。……そういう考えは、思いあがりかもしれないけど、」

「なにも、凜一が面倒を背負いこむことはないよ。俺は兄夫婦に、独りで下宿させろと云ったんだ。結局は説得されたんだけどさ、」

「ふたりになって、心強い面もあるんです。具合が悪いときは、手助けしてもらえるだろうし、」

「どうだか。正午は自分のことで精一杯だ。あてにしないほうがいい。」

「あれでも、彼なりに気を遣ってくれます。今はそれで充分なんです。」

「……わかったよ。凛一がそう云うのなら、口をはさむのはやめる。そのかわり、困ったときは、夜中でもいいから連絡しろ。俺はおまえが心配なんだよ。正午の世話に疲れて倒れられでもしたら、家元に合わす顔がない。風邪なら、はやく寝ろよ。」

　そう云って電話は切れた。まもなく十時になるところだった。凛一は背中の腫れにさわらないよう軽く湯を浴び、メギを挿《い》けはじめた。黒鉄《くろがね》の浅い鉢を選び、難を逃れた枝の表情を生かして挿すつもりだった。かといって、手をくわえずにすまそうというのでもない。鋏を使うからには、自然な像《かたち》などありえない。情緒的に寄り添うつもりもなかった。意識や感情を投影し、枝ぶりや花のようすを何かに見立てようとも思わない。動きと流れを鋏によって留めた人工的な妙こそ、凛一にとっては重要だった。添えた枝から鋏の痕が消えていればなおいい。

午后十一時をまわっても、正午はまだ帰宅しない。凜一とちがって、アルコールに強いわけでもなかった。呑み過ぎを案じていた矢先、玄関の硝子扉を叩く音がした。正午なら、甃石《しきいし》に匿《かく》した鍵の在《あ》り処《か》を知っている。外の気配に耳をすました凜一は、そこで思いがけない声を聞いた。

「凜一、開けろよ。酔っ払いを連れて来てやったぜ、」

有沢だった。凜一があわてて玄関の硝子扉をあけたとたんに、正午が中へ倒れこんだ。

「手を貸せ。寝かせたほうがいい、」

ふたりがかりで室《へや》まで運び、正午の使う寝台《ベッド》へ横たわらせた。凜一がためらうより先に、有沢がさっさと服を脱がせてしまった。正体を失った正午の無防備な躰があらわになる。凜一の前でこんなふうに緊張を解くのは、久しくないことだった。

寝姿はむろん、ゆったりと寛《くつろ》ぐ姿さえも見せなかった。

「凛一とちがって、こいつ全然呑めないのな、」

「どのくらい、呑んだんですか、」

「たいした量じゃない。……眠ってるだけだろう、これ、」

凛一は、卓上燈で照らして正午の顔色を確かめ、有沢の見立てに同意した。毛布を掛けて、オイルヒーターのスウィッチを入れた。四月半ばを過ぎても夜はまだ冷え込んだ。

「すみません。ご迷惑をかけて。……でも、なんで正午と、」

「研究室へ舘教授を訪ねて行ったら、留守番のヤツに、きょうは円山《まるやま》公園で花見だと云われてさ、場処を聞いて顔を出したんだ。挨拶だけで帰るつもりが、どこもかしこも酒盛りだろう。どこが舘教授の一団だかわからない。探しまわって園内をうろつくうちに、こいつと出喰わした。道端でうずくまってるんだよ。酔ったのかって声をかけたら、躰を硬直させて碌《ろく》に口もきけないんだ。救護所へ人を呼びに行こうとしたら、しがみつかれた。俺が誰かも意識してなかったんだろう。しばらく抱いててやったよ。五分くらいして、急に気がついた。どうしたんだよって訊いたら、蛾《が》が背中へ入ったと云いだしてさ、」

「……蛾、」

「見てやったけど、べつに蛾なんていやしない。気になるなら、全部脱いでみろと云ったら、ほんとうに脱ぎはじめるんだ。人だかりがしてきたんで、やめさせた。それから、こいつの連れたちのところへ行ったんだ。そうしたら独りで呑みだして、……これだ。」

「お手数かけました、」

「こういう齢《とし》になって、あんなにまともに蛾なんかを怖がるヤツも珍しいな、」

「……子どもの頃から、苦手なんです、」

経緯《いきさつ》を話すわけにもいかず、凜一は有沢が納得しないのを承知で曖昧に答えた。

「そうか、」

珍しく、率直な反応だった。途惑う凜一に有沢は苦笑いしてみせた。

「俺もいまだに蛇は厭《きら》いだ。」

正午が、自らしがみついて平気な相手は今やそう多くない。有沢の何かが、正午を安堵させたのだろう。ふたりがそれぞれに抱える身体的な不安を共有したのかもしれない。

正午を寝かせて、居間へ戻った。凛一はそこで、先ほどまで本を読んでいた。ここにもオイルヒーターを点《つ》けてある。その前へ坐《すわ》るようすすめる凛一をさえぎり、有沢は玄関へ向かった。

「俺は、これで帰る。電話帳を貸してくれ。まだ宿を探してないんだ。舘教授は結局見つからなくてさ。自宅の番地は聞いてるけど、こんな時間に訪ねるわけにいかないもんな、」

「ここじゃ、駄目なんですか、」

「迷惑だと云ったのは誰だよ、」

「だから、そんなことは云ってません。泊まってください。布団ならありますから、」

「いっしょに寝る気があるのか、」

返事に詰まった凜一を見て、有沢は笑いだした。

「少しは、聞き流すクセを身につけろ。……呑み直そうぜ。何かあるんだろう、」

凜一は仕度をして、有沢と板敷きの床に坐った。絨毯《じゅうたん》や布製のソファなど、埃のつきやすいものは、なるべく置かない。だからふだん、凜一も正午もクッションをあてがって板敷きの床に坐ることが多かった。天井の吊り燈《あかり》は点けていない。かわりに和紙の火屋《ほや》をかぶせた床置きの照明が、やわらかい光であたりを包んだ。

有沢は、玄関先へ投げだしてあったバックパックの中から、カメラを持ちだしてきた。かつて持ち歩いていたのと同じ、手入れのいい使いこんだ塊だった。

「本宿《ほんじゆく》の家へ寄ってみた。彼処《あすこ》、最近は祖母さんが独りで暮らしてたんだ。まだ、死んだばかりなのに、なんだか博物館にいるみたいでさ。居心地が悪かった。椅子でも食器でも、もう二度と主《あるじ》が使わないってことを知ってる顔だ。……気に入らなくて、片っ端から毀《こわ》してるときに、おふくろや親戚がやってきた。悪党みたいに云われたよ。誰も、祖母さんがいちばん好きだった花を知らないくせに。庭にあるそいつが、今年はまだ咲いていないことにも気づかないんだぜ、」

その庭を、凜一も一度だけ目にした。熱い陽《ひ》の照りつける昼下がりで、猩々緋《しょうじょうひ》のグラジオラスが鮮やかだった。手入れのいい、丹精をこめた庭だった。氷川との断絶が長引き、気持ちも躰も、もてあましている夏だった。自分をごまかしながら有沢に逢いに行き、欲望の在《あ》り処《か》を認めない不正直を罵倒された。凜一の内面になど微塵も興味がないと断言する有沢に、裸になれと云われて怯《ひる》んだ。匿したいものがあったわけではない。人格を否定されているのに、すがりついてしまいそうな自分にたいする怯《おび》えだった。

たまらなく好きだという気持ちが、凜一に蘇ってくる。氷川への好意とは矛盾しないのだと、愚かにも思いこもうとした。

「祖母さんのことは、好きだった。俺が何をしたいのか、家族の中で唯一想像できる人物だよ。親父もおふくろも、単純に息子より仕事が好きなんだ。彼らは、しょっちゅう家をあける。……小学生のとき野球を観たくなって、祖母さんをつきあわせて球場へ行った。往年の大女優みたいな服を着てあらわれてさ、最高に悪目立ちしてた。つばひろの帽子に、カトレアだか百合《ゆり》だかの花柄のブラウスに白のスラックスで来るんだよ。先着千名に主力選手のサイン入り下敷きを配るって日で、最寄り駅から球場のゲートまでもう歩いちゃいられない。祖母さんをせかして、走りつづけた。ところが、炎天下でバテたのは俺のほうで、球場の救護所へ直行だ。気づいたら、俺の枕もとに下敷きがあって、祖母さんが医者にしぼられてるところだった。倒れた俺を救護所に預けたまま、下敷きをもらいに行ってたって。……そういうことをしてくれるのは、我家《うち》ぢゃ祖母さんだけなんだ。父も母も、自分が興味のないものには、これっぽっちも価値を認めない。小学生の息子の云うことなど、平気で無視する。」

家族との軋轢すら、凜一には人に話して聞かせるほどの経験がない。一歳半で母を亡くし、八歳で父とも死別した。以来、ずっと家元とのふたり暮らしだ。稽古は厳しく、凜一は幼いころから流派を継ぐ技の域へ、少しでもはやく達することを求められた。頼るべき父は、凜一に新しい鋏をあたえてまもなく逝ってしまった。淋しさや切なさを和らげてくれるものはもはやないと悟るほかはなかった。

有沢はたびたび父母を悪く云うが、それだけ執着もあるのだろう。とくに母親への強い反発は、凛一には持とうとして持てない感覚だった。数少ない写真や、身近な人々の口にのぼる母の像を、懐かしいものとして実感できない。温《ぬく》もりや声も憶えていない。あるとすれば、埋めようのない虚《うつろ》だ。

電気ポットが沸騰したのをみはからって、凛一は珈琲《コーヒー》を淹《い》れた。アルコールを呑んでいても、途中で珈琲が欲しくなるのは千尋の影響だが、彼は彼で、凛一の父を真似たのだと云う。小さめの漉《こ》し器を使い、マグにひとり分ずつ淹れる。有沢の声が途切れた室に、一滴ずつ珈琲の落ちる音が響いた。深焙《ふかい》りの濃密な匂いが充ちてくる。

「喫《す》わないんですか、」

灰皿は使われずに置いてあった。

「やめた。二十歳を過ぎて、粋がって喫うなんて莫迦《ばか》げてる。旨味《うま》いと思ってるヤツならともかく、俺はそういう躰ぢゃない。」

心臓の手術にともない、有沢は一年休学した。今は北米に住む父親のもとで暮らし、昨年の秋、州立の工科大へ入った。

「おとなになったんですね、」

「……でも、煙草がないとやたらと口寂しいんだよな、」

唇が重なってくるのを、凜一はあえて避けなかった。そのキスを受けるだけで応えなかったことを、自分への云いわけにしようとした。有沢はすぐに唇を離した。

「……氷川って云ったっけ。まだ、つきあってるのか、」

凜一は、あいまいにうなずき、マグのひとつを有沢の前へ置いた。つきあっていると云えるのかどうか、心もとない。氷川がまともな感覚を持った健康な男であるのは、まぎれもない事実だ。女友だちとの交際も断っていなかった。それも、一回生のときからずっと同じ相手だ。

「女は、どうなんだ。……試したことくらい、あるんだろう、」

「ありません。」

「平然と答えるなよ。面喰らうぢゃないか。」

「まともに訊くほうが悪い、」

「面倒をみてやってもいいぜ、」

凛一は、手を伸ばしてきた有沢を軽く退けて立ちあがった。

「……正午のようすを見てきます。」

「なんだよ。結局、逃げるんだな、」

居間につづいて凛一の室があり、唐紙《からかみ》で隔てた鉤《かぎ》の手につづく一室を正午が使っていた。寝台の正午は、毛布を被って静かに寝息をたてている。凛一は寝苦しい様子がないのを確かめ、居間へ戻った。彼がふたたび坐るのを待ちかまえ、有沢が傍《そば》へ引き寄せた。プルオーヴァーをたぐって躰を撫で、指先をとりとめもなく這わせた。凛一のかすかな反応を愉しんでいる。

「……触ってもいい、」

「もう、触ってるくせに、」

「惚《とぼ》けるなよ。直にやってもいいか訊いてるんだよ。」

云いながら、凛一のジーンズの前をひらいた。

「……わざわざ、答えさせるんですか、」

「承知したんだと自覚させるためだ。氷川に云いわけが立たないように、」

「意地が悪い。」

「どっちがだよ。……少しはつきあう気をみせろよ、」

「そんなに器用ぢゃないから、」

「よく云うな、」

有沢は凜一を抱えて床へ寝転んだ。そのさい、凜一は背中の痛みで躰をすくめた。

「どうした、」

「……背中に腫れがあるんです。そこのクッションを……取ってくれますか。」

「これか、」

有沢はクッションを摑んだが手渡さず、自分が仰向けになって凜一の半身を抱き起こした。

「このほうが楽だろう。俺はべつに、どっちになってもいいんだ、」

「……何云って、」

笑ってみせた有沢は、そのまま腕の力を抜いた。凜一は有沢の胸の上へ落ちるように被《かぶ》さり、一瞬止《とど》まったのちに傍《かたわら》へよけた。胸板は心音がすぐにも伝わってくる薄さだった。投げ出された腕が目の前にある。脈に触れてみた凛一の指は、もどかしく遠いところで響く搏動《はくどう》を捉らえた。有沢はその腕で凛一の頭を抱えこんだ。

「……今ごろ、怠《だ》るくなってきた。」

「眠ってないんですか、」

「空港から斎場へ直行だったんだ。すぐに通夜、葬式で、昨夜は夜行バスの中で仮眠した。」

「奥の室へ布団を敷きます。躰を休ませたほうがいい。」

「病人扱いするのかよ。べつに眠くないぜ。」

「三日も寝てないのに、」

「……四日だ。向こうを発つ晩も眠らずに夜を明かした。祖母さんは、二年前の俺の手術のときに駆けつけてくれて、それが顔を見た最後だった。三晩寝てないって、別人みたいに酷い顔で、病人がもうひとり増えるんじゃないかって笑った。俺の意識が戻ったのを見届けて安心したって。何時間か仮眠して次に顔を合わせたときは、いつもの往年の大女優みたいな貫禄だった。……くだらないことばかりしゃべってるな、俺。……頭の中がぐちゃぐちゃ、……おまえも黙って聞いてるなよ。」

有沢はふたたび凛一を引き寄せた。抱きしめてくる腕の中で、凛一はじっとしていた。言動やその態度に反して、有沢の搏動は彼の躰に従順だ。疲労があればそれを訴え、彼が意のままに動こうとするのを阻んだ。瞼《まぶた》を閉じた有沢は眠りに落ちていた。唇を合わせても反応がない。凛一はそっと躰を起こし、毛布を運んできて有沢に被せた。


朝になって、正午が居間に姿を見せた。一晩じゅう起きていた凛一は、従弟のもとめに応じて珈琲を淹れた。有沢は傍《かたわら》でまだ眠っている。

「……悪い、俺がこの人を連れ帰ってきたんだね、」

「正午を送ってくれたんだ。……憶えがないだろうけど、」

「襲われなかった、」

「自覚があるのか、」

「ちがう。俺ぢゃなくて、従兄《にい》さんがだよ、」

女とつきあうようになってからは、俺と云う。正午の口調には、凜一がしばらく忘れていた軽さがあった。皮肉屋で減らず口ばかりきいていた以前の調子だ。

「無事だけど、」

そこへ電話が鳴り、凜一をさえぎった正午が電話を受けに行った。有沢も目を醒まし、近くにあった呑みかけの水を呑もうとした。凜一はそれを止めて、新しい水を汲んできた。雨戸をあけた室に、花曇りの薄い光が射しこんだ。

「気分はどうですか、」

「眠るつもりぢゃなかった、」

「躰の要求には素直にしたがうべきです。」

「だったら、そうする、」

云うなり、凜一を捉らえて抱き寄せた。電話から戻った正午は、憮然とした表情で佇《た》っている。

「省子さんから、」

八時前だ。彼女にしては早い時間だった。電話口へ向かおうとする凜一を、正午が止めた。

「もう切れたよ。……こっちが誰かも確かめずに、従兄さんだと極《き》めつけていきなりしゃべりだすんだ。」

「なんて云ってた、」

「ご注進。ほんとうは昨日電話するはずが遅れたって。……俺ぢゃなくて、省子さんが云うんだからね。ほぼ、そのままを口にしてるんだ。御殿山で留守番をしていたら、変な自意識過剰男が訪ねてきて凜《りん》の居場処を訊くから、一度は教えるのを断ったって。でも、執着《しつこ》く訊かれて仕方なく答えた。そっちに現れたら、そいつに伝えといてよ。もったいぶった写真ばかり撮って、強がるのはいいかげんにしたら。二十歳を過ぎて、そういうのは恥ずかしいの。弱いものは弱いって認めたらいいぢゃないの。そのほうが楽だし、男としてもまともよ。最近いちばん腹が立つのはね、乳離れしていない莫迦が、黒い服を着てカッコつけることよ。そんな服でおとなびて見せるつもりでしょうけど、そうはいかないの。凜も黒を着るなら、そのつもりでね。あの男の云う表層って、要するに自分の弱点をごまかすことなのよ。自分自身にたいしてもよ。マザコンぢゃないの、あいつ。そういう気がするな。……ぢゃあね、亨介《きょうすけ》に知られないようにしなさいね。……で、切れた。」

　正午は話の後半を、ほぼ有沢に向かって伝えた。渋面になった相手をはかるように、間をおいたり、抑揚をつけたりした。氷川を亨介と呼び捨てるのは、かつて交際していた省子の口癖だ。凜一が愕《おどろ》いたのは、従姉が語った内容ではなく、正午の態度だった。こんなふうに潑剌《はつらつ》とした声を久しく聞かなかった。

「……省子さんが、そう云ったのか、」

「そうだよ。自慢ぢゃないけど、記憶力はいいんだよ。」

　正午は悪びれずに答えた。

「だったら、もう一度云ってみな。」

　すかさず有沢が口をはさんだ。それほど不機嫌な顔でもない。彼には珍しく、叱る前に弟の云い分を聞いてやる寛容な兄のような態度だった。

「聞きたければ、何度でも。……御殿山で留守番をしていたら、無愛想な若い男が訪ねてきて、いきなりで悪いけど葬式の帰りだから、この塩を撒《ま》いてくれないかって、妙なことを口走って……」

「ちがうぢゃないか、全然、」

詰め寄ってくる有沢を避けながら、正午は凜一に向かって目配せした。

「……って云って入ってきたんだよ、この人、昨日ここの玄関に。通りへ出たら道を訊かれて、この家だったから案内したのさ。そうしたら、いきなり塩。本当に撒いてもいいのって訊いたら、この家にそういう習慣があるならって云うのさ。だから、清めの塩なんて莫迦な作法を持ちこんだのは、幕末に江戸へやってきた田舎者で、鎌倉武士の末裔《まつえい》はそんなことをしないと云ってやった。だけど、小椋って武家面してるけど、ほんとうは同朋衆なんだよね、」

話の筋がずれるのは、かつての正午にはよくあることだった。凜一はただ、突然に殻の外へ出てきたような正午の反応に途惑った。

「……正午、結局、省子さんは何を云って寄越したんだ、」

「だから、先刻《さつき》云ったとおりだよ。変なヤツが訪ねて行くかもしれないから、気をつけろって。だいぶ、悪く云ってたよ。写真のこともけなしてた。あんな写真が入選するなんて審査員の目を疑うって。……なんの写真か知らないけどさ、」

「あの女、碌《ろく》に知りもしないくせに、」

有沢は憤然として云った。それを聞いた正午が笑いだした。

「ふたりとも、何云ってるんだろ。従兄さんの場合は、まあ仕方がない。男にしか興味がない人だから。……でも、有沢さんのそれは、たんなる鈍感。」

「何が……だよ、」

「女心を知らないってこと、」

正午との莫迦げたやりとりに、有沢は意外にも短気を起こさなかった。正午の遠慮のないもの云いが、かえって気持ちを解《ほぐ》すのかもしれない。

「写真を好きなんぢゃないよ。……有沢さんを好きなんだ。はじめは確かに写真を気に入ったんだろうけど、それが本人と逢った途端に恋愛になるんだ。女はそうなんだよ。……有沢さんだって、省子さんの顔だちが従兄さんと似てるってこと意識してるんだろう。あの顔を見て原岡《はるおか》凜一が女だったら、こうなるのかって思わなかった、」

「どうして、そこまで飛躍するんだよ、」

「だって、真性ぢゃないよね。どっちもいけるだけ、」

「勝手にきめるな、」

このちょっとした騒ぎで、玄関の呼び鈴が押されたことに、家の中の誰も気づかなかった。凜一は、木戸から庭へまわってきた氷川と縁越しにいきなり顔を合わせた。

「……氷川さん、」

「悪い、呼び鈴押したんだけど、聞こえないみたいだったからさ、」

「すみません。ここからあがってください。」

うろたえる凜一に、正午が事態を愉しむような視線を投げて寄越した。有沢と氷川が鉢合わせする可能性は、昨夜まで凜一の頭にあった。けさになって、一連の騒ぎで忘れ果てていたのだ。やたらと顔のひろい千尋が名義人のこの家には、氷川と面識のない人間も出入りする。紹介されるまでは、知らない同士は互いの干渉をしない。それも、この家では珍しくないことだ。氷川もそのルールに則《のっと》って行動する。だが、有沢はちがう。成り行きで最も悪いアプローチをしかけた。

「あんたが、凜一の男か、」

すかさず正午が間へ入り、身ぶりで凜一に、氷川と外へ出るよう促した。凜一もそれにしたがって、まだ縁先にいた氷川を伴い庭から表へ出た。しばらく、どちらも黙って歩いた。氷川が沈黙するのは傾向としては芳しくない。凜一は自分から切り出した。

「……あれは、高校のときの先輩で有沢さんっていいます。」

「前に聞いたかもしれない、」

意外なほど関心の薄い反応だった。もっとも、氷川が腹を立てるとしても、それは凜一の態度にであって、有沢の存在や彼との親密さにたいしてではない。

「木曜日に逢えるか。凜一を連れて行こうと思ってた場処があってさ。俺、週末からはしばらく合宿所だから、そこしか時間がないんだ。」

氷川はあっさり話題を変えた。明倫館大のフットボール部がリーグ戦を前に合宿するのは例年のことだった。

「大丈夫です。授業が一コマありますけど、一般科目だから抜けてもかまわない。」

「それぢゃ、九時にいつものところで待ってる。」

なかなか来ないバスを待って、二十分ほどぽつぽつと話をした。有沢のことは、もう話題にならなかった。満員のバスに乗りこんだ氷川を見送り、凛一は家へ引き返した。玄関先に置いてあった有沢のバックパックがなくなっている。家の中にも、彼の姿はなかった。凛一は正午の室に向かって声をかけた。仕切りの唐紙《からかみ》を開け放っている。正午は欄間《らんま》から射しこむ光のもようの中で、寝転んでいた。

「有沢さんは、」

「舘教授のところ。連絡を入れたら、今しがた夫人が車で迎えに来て、いっしょに出かけたよ。……寺巡りに連れ回されるらしい。日本の春を堪能しろって、外人扱いされてるんだ。ご親切に、奈良に宿をとったって。」

正午は躰の向きをかえて、敷居越しに凛一の室へ顔をだした。

「……そっちは、」

物見高い表情で訊いてくる。

「べつに、正午に報告するほどのことぢゃない。」

「それなら、よかった、」

屈託のない笑みが浮かぶ。凜一は、正午がそんな表情をするのを、ずいぶん長い間見なかった。虚《うつろ》な睛《め》で口許をゆるめるだけの微笑にすっかり慣れていた。訝しむ凜一に、正午はふたたび曇りのない笑みを返した。

「久しぶりに、男の人を好きになった。」

「……、」

「ああいう人、好みなんだ、」

「……正午、」

意見を云わせずに、正午は凜一をさえぎった。

「心配ないよ。前とはちがうから。」

従弟が生来の持ち味を取り戻すきっかけを、どうやら有沢があたえたらしい。それが、凜一にはいっそうの愕きだった。

2

門口に小椋《おぐら》の表札を出した家は、上賀茂《かみかも》の山裾へつづく池畔にあった。街中よりもいくぶん気温がひくく、大学構内の緑地ではすでに満開の山桜が、このあたりではようやく七分咲きだった。花影の落ちる径《みち》は、不思議に気持ちが華やぐ。風が通り抜けるたび花片が流れ、影のなかでも房がゆらいだ。気分がいいような悪いような状態をこの季節の常とする凜一は、午后の授業を終えてまっすぐ帰宅した。

正午《まひる》はまだ戻っていなかった。舘《たて》教授の家へ招かれた有沢も数日音沙汰がない。日中を留守にした家の風通しをすませた凜一は、そのまま玄関先をかたづけていた。先日のメギは玄関の次の間へ挿けてある。切り花にした直後より蕀が目立ち、小さく可憐な花に雄々しさがそなわった。凜一は開きすぎた花を摘み、枝ぶりが映えるように葉を減らした。そこへ、ごめんください、と声がかかった。硝子扉は開け放してある。ふりかえった先に、見憶えのある女子学生が佇んでいた。氷川の女友だちで、明倫館大のフットボール部のスタッフだ。試合会場で姿を見かけるだけで、面識はない。

「突然ごめんなさい。明倫館大の真部久穂《まなべひさお》って云います。少しお時間いただけますか。」

丁寧だが、断る余地のない調子を含んでいた。凜一は次の間へ通ってもらうつもりで玄関へ案内した。だが、扉口《とぐち》をくぐったとたん、ここでいいんです、ときっぱりことばが返った。標準語を、わざわざ使っているのだという口調だ。凜一は遠回しの反感のようなものを感じとった。玄関先へ座布団をだしたが、それもまた、断ってくる。愉快な話でないのは瞭《あき》らかだった。鋏を脇へよけた凜一は、上がり口に端座した。久穂は立ったままだ。

「早速なんですけど、実はK大側に我校《うち》の選手の個人情報が洩《も》れているって流言《うわさ》があるんです。具体的に云えば、氷川くんの。それで、彼と親しいK大生ってことであなたの名前が出たんです。いきなり訪ねるのは迷ったんですけど、部の運営スタッフとしては放っておけない事態だから、」

話の用件は、凜一が最も耳にしたくない性質のものだった。標準語にはない調子で語尾があがり、それが彼女の抱く疑念をことば以上にあらわした。

「氷川くんの肩の具合が悪いのは、対外的には伏せてあるんです。だから、たとえ本人から聞かされたことであっても、外へは洩らさないでほしかった。そういうの常識だと思うんです。」

凜一が吹聴したと、云いたげな口ぶりだった。京都に知り合いの多い千尋を通じて、氷川に鍼《はり》治療の専門医を紹介した。ふだんは大学病院の勤務医で、自宅では紹介のあった患者だけを診ている医者だ。氷川は、一昨年の試合中に傷めた肩を、昨季にまた悪化させた。自らもボールを保持して走る攻撃パターンを持つ氷川は、それを阻止しようとする相手守備陣のクラッシュを受ける回数も多い。その蓄積した疲労が肩関節の負担になった。だがそのことは、明倫館大の講師をしている千尋はむろん、凜一もいっさい口外はしていない。ただ、それを証明する手立てはなかった。

正午の兄である従兄の暁方《あきを》は一昨年までK大フットボール部の主将だった。それもあって、凜一は情報洩れを疑われないためにも、試合はいつもK大サイドで観戦する。明倫館大の応援席へ近づいたことはなかったし、練習グラウンドも訪ねない。氷川の下宿先へも滅多に顔を出さなかった。むろん久穂とも直接の面識はなく、彼女がどうやってこの家を探しあてたのかさえ、見当がつかない。

ここ数週間ほど凜一のまわりで断続的に起こった不可解なできごとが、しだいにひとつの線で結ばれつつある。玄関先は薄暮でぼんやりしはじめ、凜一の気分もはっきりしない。考えようとして、それを果たせなかった。

「狡《ずる》い云いかただけど、このさい真実はどうでもいいんです。あなたを疑いたい人が少なからずいるというだけ。だから、名前が出たの。もちろん、故障のことは氷川くん自身の考えで打ち明けたのかもしれないけど、その場合はチーム内が当然ぎくしゃくする。……それが、どういうことか考えてみてください。」

そう云い残して、久穂は玄関を出て行った。凜一のことは氷川の高校時代の知り合いとしか思っていないはずだった。だが、語られることばのいちいちに棘があった。

あらたな訪問者が硝子扉をひらいたとき、凜一は久穂と向かい合っていた場へそのまま坐っていた。

「何やってんだ、おまえ。こんな薄暗がりで、」

入ってきたのは、千迅《ちはや》だった。千尋の異母兄で、現在は別姓の英《はなぶさ》を名乗る人物だ。鎌倉の小椋家とは表向き断絶しているが、千尋とは学生時代から行き来があり、兄弟仲もよかった。その親密さはいくらか常識を逸脱してもいる。数日前に、来週あたりそっちへ行くと東京から電話を寄越した。生家へ帰省するついでに、京都へ立ち寄るという話だった。瀬戸内の竹雄《たけお》という町の出身だ。母親はすでに亡くなり、養父が独りで暮らしていた。千迅が借りた東京の家へ招《よ》び寄せたこともあるが、やはり連れ合いの墓の傍にいたいと云って竹雄へ戻ってしまった。

もうすっかり陽は落ちている。玄関は薄暗く、燈《あかり》を点す時刻だった。案内を待たずに家の中へ入ってゆく人物を追って、凜一はようやく立ちあがった。

「……来週って云いませんでしたか、」

「気が変わったんだ。……水もらうぜ、」

台所へ行き、勝手に戸棚をあけて千尋が隠しておいた酒瓶を手に取った。

「ひとりか、本家の小僧は、」

千迅はふたつ取りだした切り子の酒器へ斟《つ》いで、ひとつを凜一の前においた。

「授業です。そろそろ戻るころだと思います。」

「景気の悪い顔をしてないで、おまえも呑めよ。」

午后七時をまわっている。きょうは、正午が炊事当番だ。いつもの段取りなら、とっくに戻っていてもいいはずだった。凜一が雨戸を閉めてまわる間に電話が鳴り、千迅が応対した。話のようすから相手は正午だと知れた。凜一が居間へ戻ったときは、すでに電話は切れていた。

「今夜は友だちのところへ泊まることにしたってさ。だから、申し訳ないけど炊事当番を代わってくれって。そういう伝言だ。」

「泊まるって、どこへ、」

「だから友人の家だろう、」

「女ですか、」

「知るかよ。そんな野暮を、いちいち訊けるか、」

以前のことがあって、正午は京都へ来てから一度も外泊をしていない。だが、相手が女ならあり得ないことでもなかった。凜一は台所へ行き、口の奢《おご》っている千迅に出すような惣菜があるかどうか冷蔵庫をのぞいた。あまり芳しくなかった。だいいち凜一にまるで食欲がなく、献立を思いつかない。なんとか蒟蒻《こんにゃく》と胡瓜《きゅうり》に生姜《しょうが》をきかせた白和《しらあ》えを拵《こしら》えて居間へ戻ったとき、千迅は電話をかけていた。こんどの相手は千尋らしい。受話器をおいて、凜一に外食しようと云った。

「今、千尋に舗《みせ》を探させてる。……ここへ呼びつけようと思ったら、今夜は義母の誕生祝いだとさ。あいつにそういう真似ができるとはな。」

「史野ちゃんと遊んでいたいんですよ。」

「……すっかりただの親父だな、」

しばらくして、千尋から折り返しの電話があった。

「花見の季節だから、どこも予約がいっぱいで空きがなかったって。それで、於じ《お》まに話をつけたって云うんだよ。ちょうどキャンセルがあって、座敷がひとつ空いてる。」

於じまは、凜一の母方の大伯母が娘夫婦とともに営む割烹旅館だ。食事だけでも予約を受けるが、室数はいくらもなく、電話帳や観光案内には名前を載せていない。造りも旅館とはわかりにくく、屋号を書いた行燈を出してはいても、見逃してしまうほど小さかった。

「彼処《あすこ》は、常連ばかりなのに花見季《どき》にキャンセルなんて珍しいですね、」

「予約のお客さんが、先週、急死したんだとさ。長年のご贔屓《ひいき》さんだから、弔意のつもりで、新しい予約は入れなかったんだそうだ。……縁起のいい室だな、」

軽口を云って、千迅は凜一に仕度を促した。

遅れていた柳がそろそろ芽吹きはじめた川端の小径を入り、何度か折れ曲がったところに於じまはある。車を降り、玄関までは勝手に入ってゆく。帳場にいた若女将の案内で、二間つづいた座敷と次の間がついた室へ通された。内湯も洗面もある。庭に面した静かな一室だった。園生《そのう》は室ごとに筧《かけい》で区切ってあり、隣人の姿は見えない。央《なか》ほどに植えた若桜の、遠慮がちにちらほらと咲く様《さま》に風情があった。ひっそりと置かれた暗色の蹲《つくばい》とも調和している。

「余裕だよな。花見客の多い稼ぎ季《どき》に、空き室にしておこうなんてさ、」

千迅が茶々を入れた。年頃の近い若女将は昔馴染みでもある。

「仕方あらへんの。初めての方がお泊まりやと、どことのう勝手が違うて、お常連さんは居心地悪う思わはる。それやったら、空けておくほうが気を揉むより安心どすやろ。……そないな室やから、せいぜいお行儀よう頼みます。凜一さんには云うまでもないことやけど、」

「逆だよ。こいつはこの形《なり》でけっこう浅ましいんだ。社会的に抑圧されているぶん、よけいにね、」

「また、しようのないことを云うて、」

若女将はとりあわず、あしらいになれた華やかな声で笑いながら奥へ退いた。まもなく料理が運ばれてくる。はじめの折敷《おしき》には白味噌仕立ての椀と向付《むこうづけ》、白米が盛りつけてあった。椀のなかの桜麩のほのかな色あいが、凜一の気持ちを和ませる。だが、食欲は別だった。箸を手にしたものの、椀を持ったまま動きは滞った。しまいに箸をおいた凜一を、千迅は怪訝そうに見据えた。

「どうしたんだよ、先刻《さつき》から。……喰わないなら、もらうぞ、」

「そうしてください。」

その後に運ばれた煮物や焼き物も、凜一はほとんど手をつけなかった。酒だけは斟がれるままに呑んでいる。

「気味悪いな、その呑みかた。……正気かよ、」

「千迅さんは、今晩ここへ泊まるんですか、」

手荷物を持ち込んでいるのを指して訊いた。

「そのつもりだよ。一泊してあしたの午前中に竹雄へ行く。おまえの家は、寝苦しいんだ。裏から妙な気配がしてさ。千尋のときより性質《たち》が悪いぜ。おまえが招《よ》びよせるんだろう、」

「ぼくも……ここへ泊めてください。」

「意味が通じない。正しい日本語で話せ、」

「今夜は、千迅さんの傍《そば》にいたいんです。」

「だから、俺にどうして欲しいのか、はっきり云え。悪者にされるのはごめんだ。だいたい、おまえはなんでそう景気の悪い顔をしてるんだよ。せっかくの旨味《うま》い飯が不味《まず》くなるだろう。」

それはもっともな云い分だった。

「……すみません。ちょっと表で頭を冷やしてきます。」

通り庭を抜けて路地へ出た凜一は、そこでしばらく夜風にあたった。甃石を敷いた小路に、帰宅を急ぐ人の靴音が響いている。

凜一が選手の個人情報を洩らしているとの流言は、久穂の訪問を受ける前からK大のフットボール部内にもあった。三月中の明倫館大との練習試合の後、匿名の電話で注意を受けた。実を云えば、彼が歩行中に自転車をぶつけられるようになったのも、そのころからだ。背後から近づいて追い越しざまに接触する。メギの鉢を落としたときが初めてではなかった。

軽い打撲か、擦《す》り疵《きず》を負うていどだったが、もはや偶然の域を越えている。誰かはわからない。単純に情報洩れを疑われてのことならばまだしも、凜一の行動様式を不快に感じての結果ならば、見知らぬ誰かの悪意を止める手立てはなかった。せめて、氷川へ迷惑が及ばないようにすることしかできない。真部久穂まで乗りだしてきた以上、なんらかの流言がひろまっているのだと推測できた。こんなときにふたりで連れ立って歩くわけにはいかない。凜一はしばらく氷川と逢うのを控えるべきだと極《き》めて室へ戻った。

膳はもうすんで、座卓はかたづけられていた。広縁で一服していた千迅は、戻った凜一に気づき煙草の火を消した。

「頭は冷えたのかよ、」

「ぼくも竹雄へ連れて行ってもらえますか、」

「授業は、」

「あすは、もともと休むつもりだったんです、」

「けっこうな身分で、うらやましいぜ、」

氷川が凜一をどこへ連れてゆくつもりだったのかは解らない。前々から、案内すると云っていたが、詳しい話はしなかった。番茶を運んできた若女将は、連れだった仲居と夜具の仕度をはじめた。まもなく、二組ならべて布団が敷かれた。若女将は千迅と凜一が兄弟のように過ごすとしか思っていない。

「凜一は家へ帰すから、ひと組でいいんだ。」

傍で、凜一もうなずいた。

「そない云わへんと、お泊まりやす。朝ご飯をすませて、大学へ行かはったらええわ。千迅さんとも久しぶりに逢うたんやろうし、」

「子守はうんざりだよ、」

　凜一がものを云うより先に千迅が口をはさんだ。

「このごろ凜一さんが千迅ばかりを頼る云うて、千尋さんがぼやいてはりましたけど、」

「あれが親莫迦ぶりを発揮するからだろう、」

「口をひらけば史野ちゃんのことばかりやものね。……そやけど凜一さんも大学生にならはったのやし、ほうっておかれるくらいで丁度ええんやないの。……どない、」

　後のほうを凜一に向かって云う。

「兄さんには、充分よくしてもらっています。」

「嘘をつくな。千尋が娘に夢中になっているのが恨めしいくせに。だから、食事に誘われても断って帰るし、めったに顔も出さない。日菜《かな》さんが気にしてたぜ。気兼ねさしてるのやもしらへん、ってさ、」

「……ぼくはべつに、」

「曖昧《あいまい》な態度はやめろよ。千尋のところへ行って、たまには介意《かま》ってくれと正直に云え。」

「ぼくは、千迅さんでもいい、」

「なんだよ、でもってのは。こっちでお断りだ。」

「それやったら、千迅さんも独り者を返上しはらんと、」

　若女将は昔馴染みの気安さで笑い声になり、おくつろぎやすと云い添えて仲居と連れだって出て行った。千迅はふたたび広縁へ出て、煙草に火を点けた。縁先手水《ちょうず》の水面《みのも》に室内の吊り燈が映り、それがにわかに揺らいだ。雨が降りはじめている。うっすらと水の輪が浮かんだ。ひとつの輪が消えて、つぎの輪が浮かぶまでにまだ間がある。庭の隅で蔭をかたちづくる緑は葉むらをゆすり、かすかな雨音をひびかせた。煙草の匂いが雨に溶けている。円座を引き寄せて腰をおろした千迅は、手ぶりで凜一を追いはらった。

「向こうへ行け。わざわざ外で喫ってる意味がない。先に、風呂へ入ってこいよ。」

「……千迅さんは、この先も結婚しないんですか、」

「なんだよ唐突に、」

新芽をゆらすだけだった雨音は、しだいに庭を包みこんで、常緑樹の硬い葉もざわめきはじめた。横顔を向けた千迅は、受け皿へ灰を落とす仕草のほかは、黙って煙草を喫《の》んでいる。眼鏡の愛用者だが、視力が悪いわけではない。本人がそういう表現を好んでいるだけだ。

「あのメギはなかなかよかったぜ、」

「……え、」

「玄関のだよ。メギだの山楂子《さんざし》だのは、適当に野暮ったく荒れたぐらいが丁度いいんだ。」

「褒めてくれるなんて、珍しいですね、」

「べつに褒めてやしない。ふだんよりましだと云ってるんだよ。おまえのは、負の要素が何もないところが気に入らないが、あのメギには珍しく窮屈そうな印象があった。」

「鉢植えを購《か》ったんですけど、持ち帰る途中で根もとを傷めてしまったので切り花にして挿けたんです。その所為《せい》で、はじめから質《すがた》がかぎられていました。」

「わざわざ購うような花ぢゃないぜ。俺の田舎ぢゃ、山へ入れば勝手に生えてるよ。うっかり足を突っ込んで、棘《とげ》で痛い目に遭う。」

「……思いちがいかもしれませんが、以前は御殿山の庭にもメギがあったような気がするんです。父は黄色い花を好んで植えていました。千迅さんは記憶にないですか、」

「知るかよ。俺はあの家へ行くときは、いつも泥棒みたいに家元の目を盗んでこそこそ入るんだよ。庭どころぢゃないんだ。いいから、はやく風呂へ入って寝ろ。景気の悪い面《つら》で傍《そば》にいるなよ。煙草が不味くなる。」

追い払われて、凜一は浴室へ向かった。御殿山と云ったとたんに千迅の口ぶりが素っ気なくなった。千尋にしろ千迅にしろ、家元との間で凜一の知らない何らかの確執を抱えている。

「お先に、もらいました。」

室へ戻った凜一は、奥へ敷いてあった布団のひと組が手前の座敷に運ばれているのを目にとめた。

「おまえの寝床は奥だ。」

「分けたんですか、」

「煙草喫《の》みには、このほうが気兼ねがなくっていいんだよ。傍で咳こまれでもしたら、こっちまで気をそがれる。俺は休暇で来てるんだ。」

「……すみません。」

「べつに、謝ってもらわなくてもいい。さっさと寝ろ、」

「介意《かま》ってくれないんですか、」

「寝床の中ならいいぜ、」

軽くあしらわれた凜一は奥の室へ行き、眠くはなかったが横になった。千迅の暴挙をどこかで必要とする自分がいる。浅ましいのは重々承知だった。隣室で燈を落として浴室へ行く気配があり、耳をそばだてたところへ雨音が響いた。先ほどまで、囁くようだった音が、今はもう勢いよく軒を打っている。本降りになった。しばらく耳を澄ますうちに、雨垂れのほかに、軒先の涓滴《けんてき》や雨樋をつたう水音を聞き分けられるようになった。雨は竹垣を鳴らし、緑の葉むらを打ち、甃石をたたいて路地の溝へと流れてゆく。玉砂利や園生《そのう》へ沁みこむ気配も伝わってくる。そんななかで、ひとつだけ耳慣れない音が混じった。

いずれかの涓滴にはちがいないが、心地よい余韻を残して響き渡る。軒を打つ単調な音と異なり、わずかに音階もあった。凜一はその音だけに意識を集中した。強弱もあり、調子も変わる。いったい、何がそんな音を作りだすのか見当もつかなかった。そのうち眠ってしまったらしく、自分の咳で目を醒ました。治りかけていた背中の腫れが、咳をするたびに痛んだ。二度、三度でおさまると思っていたものが止まず、こらえようとするほど余計に酷くなる。

「大丈夫か、」

聞きつけた千迅が、唐紙をあけて顔をのぞかせた。凜一は躰を起こして頷きながら、ふたたび咳になった。

「……煩《うるさ》く……して、……すみ……ませ……ん、」

「喋らなくていい、」

千迅は傍へやってきて、腕のなかへ凜一の躰を引き寄せた。息遣いをはかりながら背中を擦《さす》る。鎮まったように見えて、またぶり返す咳は執拗につづいた。誰もいなければ、凜一も独りでなんとか切り抜ける。だが、苦しいときに差しのべられる手があるのは、やはりありがたかった。背中の痛みも楽になる。ひとしきり咳こんだ凜一は、千迅が用意した湯冷ましを呑んでようやく落ちついた。

「お騒がせしました。……寝就くまでは、何とも……なかったのに。」

「熱は、」

訊きながら、千迅は凜一の額《ひたい》に手をあてた。

「……平熱だな。おまえのことだ。肺炎って可能性もあるから侮れない。」

そうしている間にも、雨は降りつづけていた。音階のあるあの音もまだ途絶えない。

「寝てたのか、」

「しばらく雨音を聞いていました。そのうち眠ってしまったらしくて、咳こんで目が醒めました。ちょっと耳慣れない音がするんです。……ほら、この音、聞こえますか、」

促されて、千迅はしばし耳をそばだてた。よく聞こうとするのか、障子をあけて広縁へ出た。今はもう雨戸をたててあって外は見えないが、涓滴はいっそうはっきり聞こえた。

「あれか、」

心あたりがあるような口ぶりだった。

「……化粧《けしょう》井戸へ雨水が落ちる音だろう。孔《あな》をあけた瓶《かめ》を、伏せた状態で地下へ埋めてある。雨が沁みこんでその小さな孔を通ったときに、瓶のなかで反響して音が出るんだ。ふだんは、砂利が敷いてあって、どこにあるのかわからない。だから化粧井戸ってわけ。ここの家の前の持ち主が趣向のつもりで家人にも内緒で掘らせた井戸らしい。図面にもない。だから、正確な場処は解らないんだ。……親父の云うことだから怪しいけどな。」

千迅が親父と呼ぶのは、鎌倉の小椋家の当主で、凜一や正午の祖父でもあった。養父のことは父と云う。

「雨水を溜めておくんですか、」

「いや、排水設備なのさ。そこから外の溝へ流すんだ。洞水門《どうすいもん》を真似てつくらせたらしい。明治期の小金持ちの考えそうなことだ。」

何にたとえてよいのか、定めにくい音だった。金属の触れ合う音のようでもあり、硬く焼いた陶器を叩いてみたさいの音にも似て、余韻が躰のなかへ響いてくる。それは共鳴洞となり得るほどの虚を凜一が抱えている証でもあった。

「……化粧井戸と呼ぶのは、別の意味もあるんだぜ。化生の云い換えなんだ。八歳くらいのときだよ。俺と千尋とではじめてこの家へ泊まったとき、親父に井戸の話を聞かされた。あれは、物の怪が酒瓶を提げて井戸を昇ってくるさいの、滴《しずく》の音だと云うんだよ。酒瓶に小さな孔があって、そこからわずかに酒が洩れるんだ。その酒はふるまわれても、絶対に呑むな。呑めば、たちまち睡《ねむ》くなって、その間に冥界へ連れて行かれるぞって、こうなのさ。女の場合は、美肌になる化粧水だと云うらしい。それを顔に塗ると、やはり睡くなって連れ去られる。千尋は本気で怖がってた。でも意地っ張りだから、口にはしないんだ。俺が先に怖がってみせたら、素直にほッとした顔でうなずく。お互いに相手の耳を塞《ふさ》いで寝ようってことになった。片方は枕で塞がってるから、上になったほうだけ。安心したのか、千尋のヤツはさっさと眠りこけて耳を塞ぐ約束なんて、とっくに忘れてる。俺はそのまましばらく、千尋の耳を塞いでやった。すると、隣りの室から小声で呼ぶ声が聞こえた。……平気な顔をしてたけど、百合《ゆり》さんもやっぱり怖かったんだ。尋《ひろ》くんって呼ぶんだよ。ねえ、尋くん、起きてたら返事をしてって。だから、俺が代わりに応えた。千尋の声音《こわね》を真似て起きてるよって。」

「……千迅さんも、母に逢ってるんですね、」

「千尋といつもくっついてたんだよ。十も離れてるし、千尋が小柄だったせいで若い母親みたいでさ。」

ものごころつく前に亡くなった母のことを、凜一は何ひとつ憶えていない。幼くして母を亡くした子への周囲の配慮で、写真や形見の品は身近になかった。姿や声はむろん、匂いや温もりの手掛かりもない。

「兄さんに、おまえは情が薄いと責められます。ぼくが母のことを何も憶えていないのを、おかしいと云うんです。たとえ一年半あまりしか一緒にいられなかったとしても、何かしらの痕跡なり、記憶の断片なりはあるはずだろうって、」

「あいつは、百合さんに可愛がられてたから、それだけ思い入れも深いんだよ。一歳半で母親を亡くしたおまえに、彼女のことを思い出せと云うほうが無理だ。人間の頭は、そう都合よくものごとを憶えてやしない。」

「……母は、出産で体調を崩したそうです。父や兄さんにとって、かけがえのない人と引き換えに、ぼくは生まれてきた。……そのぼくが、母の温もりや声すら憶えていないのを、兄さんは気持ちのどこかで赦《ゆる》せないんだと思うんです。」

「おまえさえ生まれてこなければよかったとでも云ったか。」

冷ややかな声に変わっていた。

「……いいえ、」

「だったら、殴られる前に寝ろ。竹雄へは俺ひとりで出かける。」

千迅は凜一を突き放すように立ちあがった。雨音は、さきほどよりだいぶ弱まり、化粧井戸へ落ちる滴の音は、いまはもう途絶えている。母の温もりや声を求めたところで、それはどうしても手に入らないものだった。幼いころの凜一が心細さや不安から逃れるためには、母の存在を意識の外に置くしかなかった。長じて千尋に薄情だと云われたとき、はじめて母に関する記憶がひとつもないことに気づいた。千尋の仕草や語り口を目で追うことでしか、母の面影は浮かんでこなかった。

凜一が希《のぞ》んでのことではなかったが、眠れないまま明け方を迎えた。天窓が白みはじめたころ、布団を抜けだし、雨戸をひらいて庭を眺めた。雨あがりの緑は、余分な水分を吐きだすのに忙しい。葉をつたって、盛んに水滴を落とした。凜一は着替えて庭へ降り、人知れずどこかにあるという化粧井戸の在《あ》り処《か》を探した。大ぶりの飛び石が庭におかれ、園生にはひと雨ごとに育つ春の下草が、蒼く茂っている。見渡す範囲には井戸らしき痕跡はなかった。縁先手水の石鉢《いしばち》の水面には、桜の花が浮き、あたりにも一面に吹き零《こぼ》れていた。梨子地《なしじ》の蒔絵のようだ。そのうち、千迅の室の雨戸もひらいて、本人が顔をだした。表情に昨夜《ゆうべ》の険しさはない。

「見つかるもんか。俺と千尋も、さんざん探したんだ。ここの連中も正確な場処は知らないんだよ。」

千迅が一服しているあいだに、凜一は出かける仕度をととのえた。

「竹雄へ同行してもいいですか、」

「好きにしろ。べつに、ただの田舎だぜ、」

仲居が顔を出して布団を片づけ、まもなく朝食の膳が運ばれた。凜一は箸を取らずに席を立った。

「……出かける前に、寄りたいところがあるんです。千迅さんが朝食を摂っているあいだに済ませてきます。」

「用があるなら、無理するな。」

「すぐ済むんです。ここで待っていてください。」

於じまを出た凜一は、表通りで賀茂川方面へ向かうバスに乗った。氷川に、しばらく逢わずにおこうと告げるつもりだった。

賀茂川の堤は、枝垂《しだ》れ桜の盛りを迎えた。散りいそぐ淡色の花が川面を渡り、対岸の小暗い葉むらの中へ漂ってゆく。一斉に緑が萌えだし、菫《すみれ》がひと塊になってまだ冬枯れの芝を彩った。約束の時間よりずいぶん早かったが、遠くの人影は氷川だった。ふだんの待ち合わせ場処の対岸を上流の橋へ向かって歩いている。凜一も同じ岸にいた。彼がいつもとちがう方角から姿を見せるとは思わないだろう。氷川に背後を気にするそぶりはなかった。

久穂も一緒だと気づいたのは、彼らとの距離がまだ数十メートルあるときだった。氷川は橋詰めまで来てふりかえり、後ろにいる彼女にたいして立ち去るよう身ぶりで促した。久穂は頑として聞き入れない。ふたりとも動かず、しばらく膠着《こうちゃく》状態がつづいた。そのうち久穂は橋へのぼる階段を駆けあがり、氷川を摑《つか》まえて投げやりにキスをした。氷川は動かなかった。受け入れもしないが、突き放しもしない。

ふたりのあいだで頻繁にくりかえされる光景だからこその、抑制された態度でもあった。諍いをするのも、彼女の強引さにたいして氷川が動じないのも日常であり、誰の目にも特異には映らない。キスの後、久穂は足早に立ち去った。ふり向かずに去るその後ろ姿にあるのは、ちょっとした怒りだけだ。修復可能な行き違いだと、彼らが互いに認めている証だった。

凜一は、久穂の姿が見えなくなるのを待って氷川に近づいた。意外な方向からあらわれた彼を、氷川はいくぶん困惑した表情で迎えた。

「……妙なところから来るんだな、」

「バスで来たんです。きょう、これから急に竹雄まで行くことになりました。祖母の用事なんです。……申し訳ありません。」

氷川は表情を硬くした。

「見たんだろう、今の、」

「なにを、……ですか、」

「惚《とぼ》けなくてもいい。見たなら、見たと云えよ。それで俺と出掛ける気がしなくなったんだろう、」

語気には嶮《けん》があった。凜一の思惑以上に、やりとりは嚙み合わない。

「……気づかないふりをして、怒られるとは思わなかった。」

「どこが、気づかないふりなんだよ。もっともらしく口実まで作ることはないだろう、」

「だから、それのどこが不可《いけ》ないんです。……氷川さんに交際相手がいるのを、ぼくだって知らないわけぢゃない。彼女との仲を詮索するつもりもない。ふたりが何をしていたっていい。……頭では、そう納得してきた。でも、現実を前にして、そんなのは自分をごまかしているだけだと思い知ったんです。氷川さんとあの人の間には揺るぎないものがあって、多少の諍いでは崩れない。それを目の当たりにしたら、躰の力が抜けました。すぐにもその場を離れたかった。」

「だったら、なんで、そうしなかったんだ、」

「……これ以上曖昧にできないと思ったからです。……口争いだろうと、キスだろうと、氷川さんは彼女となら誰に気兼ねもない。目撃されて流言がたっても、人格まで疑われはしない。……でも、ぼくといれば、氷川さんまでが奇異な目で見られるんです。ありもしない疑いをかけられる。」

「何が云いたいんだよ、」

「もう、逢うべきじゃない、」

しばらく逢わずにいようと云うつもりで来た凛一だったが、実際に口にしたのは最悪のことばだった。一瞬の沈黙ののち、氷川はなんの脈絡もなく微笑んだ。互いの信頼のあかしとなっていた緊張が急速に失われ、後には投げやりな思いしか残っていない。

「遠回しに云うのはよせよ。あの男のほうがいいんだろう。……有沢だっけ、」

「有沢さんは、……関係ない。」

「昨夜《ゆうべ》、一緒だったのを見たってヤツがいる。凛一が云うとおり、俺たちがどういう仲かを知っている人間が少なからずいるってことだ。ご丁寧に、どこのホテルへ入ったかまで報《しら》せてくれた。……バスでここへ来たのは、そこから直行したからだろう。」

「それは、ぼくぢゃない。……昨夜は大伯母のところにいました。東京から千迅さんが来て。でも、たとえ有沢さんと一緒にいたのがぼくだとして、どうしてそれを責められるんですか。氷川さんにだって、久穂さんがいる。……お互いに納得していたはずだ、」

最後まで聞かずに、氷川は背を向けた。

「いずれにしても、終わったことだ。……自分でそう云ったよな、」

遠のいてゆく背が橋の向こう岸に消えるまで、凜一はその場へ佇んで見送った。この成り行きは筋書きどおりではないにせよ、昨夜のうちに覚悟はしていた。有沢と一緒にいたと云われたことが、唯一予想外だった。


凜一が於じまへ戻ったさい、洩れてくる話し声で正午が来ているのだと知れた。

凜一の姿を見つけて、はずんだ声を掛けてくる。

「家に従兄《にい》さんがいなかったから、こっちだと思って寄ったんだ。」

「これから、千迅さんと竹雄へ行ってくる。」

「そうだってね。……泊まりだろう。こっちも羽をのばせるから歓迎だ。従兄さんが留守なら、騒げるし、女友だちも招《よ》べる。」

「行儀悪いんだな、おまえは、」

すかさず千迅が応じた。ここ数日の正午の急激な変わりように、凜一はまだ途惑っている。久しぶりに逢ったひと月前は口数も少なく、笑い声をたてることもなかった。日常生活が成り立つ最小限の意思表示と動作を行うだけだったのだ。

室の電話が鳴り、千迅が受話器を取った。千尋からの連絡のようだった。そのあいだ、正午は凜一の傍《そば》へやってきて、耳もとで小声になった。

「……昨夜《ゆうべ》、有沢さんと一緒だったんだ。」

「やっぱり、そうなのか、」

「なんだよ、やっぱりって、」

「正午のことをぼくだと思った人がいる、」

「……誰が、」

「正午には関係ない。……それに、もう済んだことだ、」

「氷川さんが、」

「その話はもういい。……なんで有沢さんなんだよ、」

「不可《いけ》なかった、」

「気楽な顔で云うな。それがどういうことか自覚してるのか。女がいいってことになったんだと思ってた。こっちへ来てからもずっとそうだったろう、」

「有沢さんは、見た目で気に入れば、女でも男でもかまわないんだってさ。ただ、もし途中で発作を起こしたらって考えて、女では何度も失敗してるらしい。……でもさ、よく考えればその理屈は変だよ。その場へ医者を呼ぶとして、女なら後々笑い話ですむだろう。男同士だったら……、」

果てしなく続きそうな話を、凜一は途中でさえぎった。

「それを正午が云いふらすことはないよ。」

「べつに口止めされてないもん。」

「子どもみたいなことを云うんじゃない。」

微笑《わら》ってみせたあとで、正午はわざとらしくいっそう声をひくめた。

「……氷川さんとケンカしたの、」

凜一はそれには答えず、千迅に呼ばれて受話器を受け取った。千尋は昨夜同席できなかったことを詫び、竹雄から戻ったら逢おうと云った。電話越しに幼い子の声が聞こえた。凜一が受話器を置かないうちに、正午は家に帰ると云って室を出た。ここ数年の状況を思いやれば、彼に自然な笑顔が戻ったのは悦《よろこ》ぶべきことだ。だが同時に、凜一の日常をかき乱すかつての性分も戻っていた。

3

海辺の町なのに、海の匂いがしない。竹雄は、そんな土地だった。広島で乗り継いだ在来線は、まだディーゼル列車だった。昼過ぎの駅に人影は少なく、待合室に貼ってある運行表も午后の時間帯は余白が目立つ。それを裏づけるように、路線バスも駅舎の影の中で長く停車し、運転手もどこかへ消えている。千迅《ちはや》は近くの営業所へレンタカーを借りに行くと云ったまま、しばらく戻らなかった。

凜一は駅構内のベンチで待っていた。燥《かわ》いた床に、開け放った窓のかたちを象《かたど》った日だまりがある。ときおり、季節のはざまの冷たさの交じる風が吹き抜けた。養父の家へ行くだけなら、タクシーかバスを使えばいい。わざわざ車を借りるのは、ほかに立ち寄る都合があるからだろう。千迅が何の用事で竹雄へ戻るのかも訊かずに同行した厚かましさに、凜一は今さら思いいたった。

まもなく千迅が戻り、借りた車で出発した。午后の太陽を背に、海岸からせりあがった白泥の崖をなぞるように走ってゆく。春の陽気の照り返しを浴びて、崖は白く灼《や》けている。目を凝らそうとするほど、視点はぼやけていった。道路より少し高いところを鉄道が走っている。線路はトンネルでたびたび姿を消してはまたあらわれ、しだいに水田の彼方へ遠のいた。遠景は点描画のようでしかない。瞬《まばた》きをするたびに粒子は入り交じり、輪郭を失った。ぼんやりしていた凜一は、千迅の声で我に返った。

「顔色が悪いな。車を停めて少し風にあたるか、」

「……平気です。ただの寝不足だから、」

「吐くなら早めに報せろよ。借りた車だから内《なか》はまずい。」

「無理やりついてきてしまって、申し訳ありません。ご実家のほかに、どこかへ寄る予定があったんですね、」

「気にするな。ただの野暮用だ。車を借りたのは、そのほうが好きに動けるからさ。

このあたりのバスはすぐに間引き運転するし、タクシーは呼んでもいいかげん待たされる。……窓をあけろ、」

野暮用といってどこへ向かうのか、土地勘のない凜一にはわからない。窓から吹きこむ風は微《かす》かに潮の匂いがした。千迅はしばらく黙って車を走らせた。不機嫌というのではないが、自らの意識の中に没頭してしまっている。凜一の入りこめない領域が、今は千迅の大部分を占めている。生まれ育ったこの土地には、彼を黙らせるさまざまな要因があるのだろう。

さらに十分ほど走ったところで千迅は車の速度をゆるめた。市道から短いスロープをのぼった先に三台ほど入る駐車場があった。「午后休診」と札のかかった建物の前だ。入り口に江島《えじま》医院と書いてある。ひとりだけ車を降りた千迅は医院の玄関を素通りして、その奥にある母屋《おもや》の扉口へまわって呼び鈴を押した。インタホン越しにやりとりしていたが、そのうち千迅と同じ齢くらいの男が玄関先にあらわれ、連れ立って車まで戻った。

「具合が悪いんだって、」

車の窓越しに訊いてくる男は、煩《わずら》わしげなそぶりを隠さない。医者に診てもらうほどの症状ではなかっただけに、凜一は恐縮した。

「……軽い乗り物酔いだと思います。」

「そんな様子だな。少し風にあたれば、よくなるだろう、」

「藪医者、どこを診てるんだよ。背中だ。筋を痛めてる。」

横から千迅が口をだした。昨夜は何も云わなかったが、凜一の背中に腫れがあるのには気づいていたらしい。

「口の利きかたに気をつけろ。おまえは後輩だろう、」

「たかだか二歳くらいの差で威張るな。」

「俺は出かけるところなんだよ。」

「嘘つけ。美奈子《みなこ》さんは閑《ひま》なはずだと云ってたぜ。先刻《さつき》電話で、」

江島は渋面をつくって凜一のほうを向いた。

「痛むのか、」

「ご厄介《やつかい》をかけるほどではないんです。……千迅さんが勝手に、」

江島はすでに医院になっている建物へ向かって歩きはじめていた。外来の玄関ではなく通用口へ向かった。休診時間に訪れた強引な患者に、少なからず気分を害しているふうだった。

「ほら、行けよ、」

千迅は、江島の態度を気にかけるそぶりもなく、車にとどまっていた凜一を追いたてた。仕方なく車を降りた凜一は、医師につづいて通用口から診察室へ入った。日覆《ひおお》いをつけた窓が傾斜《なぞえ》に面した北側と東西の三方にあり、こぢんまりと明るい診察室だった。直射日光を避けるように、窓硝子はすべて斜子《ななこ》になっている。そのため、外の風景はぼやけて映り、新芽の柔らかい緑が窓いっぱいにひろがった。土地になじんだ医院らしく威圧感や堅苦しさはない。かといって、馴れ合いの雑然とした気配もなかった。清潔で、こざっぱりしている。おもむろに白衣をはおった江島は、にわかに医師らしい様子になった。

北向きのひくい窓辺に雪柳《ゆきやなぎ》が挿けてあるのが、凜一の目を惹いた。流れる枝を遊ばせつつも、念入りに撓《た》めて造形した巧者の挿けかただった。意外な力業でまとまっている。雪柳のように弱々しい印象の枝を、力強く仕上げる方法はこれだ、と云わんばかりの質《すがた》だった。

凛一が促されて黒のスツールに腰掛けた後へ、千迅が入ってきた。

「付き添いは待合室へ行ってろ、」

「大《おお》先生は元気か、」

「ぴんぴんしてるよ。きょうは釣りだ。」

「弱ったな。借りたいものがあったんだよ、」

「何を、」

「写真、」

「響一《きょういち》の、」

「……なんでだよ。俺がそんなものを借りに来るわけはないだろう、」

千迅のまなざしが、一瞬だけ憂いをおびた。それは油断や隙のあるときに彼が見せる素の表情だった。だがすぐに何でもない顔つきに戻った。江島も無愛想な顔をつづけた。

「親父なら前浜《まえはま》だ。車なら五分で着く。行って訊いてこいよ。俺が探すより早い。」

「そうするか。……あ、そうだこれ、」

千迅はついでのように手の中にあった小さな包みを差しだした。白銀の紙に同色のリボンを結んである。

「なんだよ、」

「出産祝い。父と俺から。」

そう云って診察室を出ようとする千迅を、江島が呼びとめた。

「ここで開けてもいいんだろう、」

「たいしたものぢゃないぜ。俺が選ぶんだから、期待するな。」

「……してないよ、」

解いた包みの中は薄い化粧箱だった。蓋をひらいた内側にシルヴァーグレイのサテンを張ってある。そこに濃い青色の覆袋《カバー》がついた銀製の名刺大のものが入っていた。ごく薄く、精巧な縁飾が施してあった。

「子どもの写真を入れて持ち歩くケースだ。父親になったからには必要だろう。財布か手帖に入れておけ。」

いかにも千迅らしい揶揄《やゆ》だったが、江島は出産祝いを贈られる親の一般とはほど遠い表情を返した。

「子どもの写真を持つような男なら、まっとうな親として誰にも何も疑われずにすむしな、」

「べつにそうは云ってない。……素直に受け取れよ。」

「ありがたく、」

笑顔のない江島にはわだかまりが見られたが、千迅はまったくおかまいなしで、ふたたび通用口へ向かった。

「凜一はここへ置いて行くから、手当をしてやってくれ。」

「休診だと云っただろう。連れて行け、」

「だったら白衣を着るな。」

「俺の勝手だ、」

「煙草を喫いたいんだよ。そいつは喘息《ぜんそく》持ちでさ、」

「……慢性気管支炎です。」

凛一は訂正したが、千迅はそれを聞き流して外へ出て行った。まもなく車のエンジンがかかり、走りだす音が聞こえた。江島は窓辺で車の行方を見送ったのち、湯沸かしが見えている室の奥へ行った。何か呑むかと訊かれた凛一は、先ほど来の障《さわ》りのありそうな江島のようすを察して辞退した。すぐさま苦笑が返った。

「……悪かった。きみに腹を立てているわけぢゃないんだ。英《はなぶさ》にでもない。自己嫌悪だ。気にしないでくれ。」

凛一は再度すすめられて緑茶を淹れてもらうことにした。休診の診察室はきれいに片づけてあった。ところどころ白い布を被せ、埃よけにしている。双方向から使う机には、仕切りはないがそれとなくわかる境界があった。趣《おもむき》のちがいは、千迅が大先生と呼んだ人物とその息子の微妙な気質のズレによって生まれるのだろう。顕微鏡やレンズ函《ばこ》をならべているのは大先生で、それらは診察に必要な道具ではなく、趣味の疑似《ぎじ》餌《え》を作るためであるのが、壁に飾られた作品群によってあきらかだった。診療の主だった役割は息子に任せ、古なじみの患者だけを診るというようすが窺えた。

「名前は、」

「原岡《はるおか》凜一です。」

「……原岡って、天海地流《たかち》の、」

「ええ、……ご存じですか、」

「父が門下だ。ほら、そこに花が挿けてあるだろう。俺には、ただ庭木を切ったまま、挿してあるようにしか見えない。倒れそうで倒れない枝を選んだところに、ちょっとは本人の個性があるってものかな、」

視線を窓辺の雪柳へ向けた。

「あれは、自然に曲がっているわけではないんです。手を加えています。柔らかい印象の枝を力強く撓めた、いい作品です。」

「なるほどね、」と云いつつ笑った。「……そういう縁か。原岡は英の遠縁だったよな。俺はまたあの男がそこらへんで若いのを拾ってきたのかと思ってた。」

揶揄ではあったが、悪意のない口調だった。

「千迅さんは、ぼくのように幼稚な人間には興味がないんです。」

湯呑みを置きながら、江島は小さく笑い声をたてた。白磁に緑茶の澄んだ碧《あを》が清々しい。

「そう思わせるのが、英の性分だろう。相手の求めるものをすぐに見抜いてしまう。あれも変なヤツだから、あらかじめ相手のために逃げ道を用意するんだ。遠ざかりたくなったときに、そいつが後ろめたさや迷いを抱かなくてすむようにね。」

どこか回りくどい口ぶりだった。江島はその全部を独りごとだとでも云いたげに溜め息を洩らした。

「千迅さんとは親しいんですか、」

「高校と大学が同じだった。俺のほうが二級上だけど、一浪一留して大学では同級だ。英はこんな田舎の高校から医学部へ現役で入るようなヤなやつなんだよ。電話ではよく話すが、逢うのは三年ぶりかな。披露宴に来てくれて以来だから。」

「……千迅さんも医学部だったんですか。理学部だとばかり思っていました。」

「後で転部してるんだよ。俺たちが学生のころは紛争の真っ最中だからさ、構内はいつも騒然としてた。とくに医学部はインターン制度の件で大荒れ。紛争が終結して大学へ戻ったときに、医者には向いてないからって、あっさり。もったいないとか、もう一度考えろと云ったって、彼は聞かない。誰よりも能力は高いくせに、多くを希《のぞ》まないんだ。期待も執着もしない。そういうふうに生きている。……きみだって、彼に何も要求されたことはないだろう。昔から口は悪いし、可愛げもない。喧《やかま》しく指図もする。でも、自分のために何かをして欲しいとは云わないんだ。」

電車の通る音が、裏手から響いてくる。江島医院は海岸線から徐々にせりあがった傾斜の中腹にあり、窓からわずかに水平線が見える。早くも淡紫《うすむらさき》をおびた夕雲が浮かんでいた。

「高校のころの英は、誰よりも段違いに頭のいいヤツだった。なのに何も希まない。大学へも行かないと云うのを、教師たちが無理やり説得して受験させたんだ。当時は彼の生い立ちや家庭の事情を知らなかったから、欲しいものを欲しいと云わない態度は理解できなかった。それを希む資質も能力もありあまるほどあるくせに。」

日覆いを下ろして開け放った窓から、風が吹きこんでくる。海の匂いがかすかに感じられた。よく手入れされた庭に呉藍《くれない》の濃い烏木蓮《からすもくれん》が花をつけていた。

「紛争のあいだ、俺たちは大学へ行かずに旅に出た。野宿したり、国民宿舎を泊まり歩いて、夏じゅうを過ごした。……長く一緒にいれば、彼が何を希んでいるかは鈍感な俺にも察しはつく。大学は荒れてるし、田舎町の工場でも労働争議をやる時代だから、喧噪を離れて旅してるのに、気分的にもなんだか変な興奮状態にあるんだよ。俺はごくふつうの性分で生きてきた人間だったのに、すっかり馴れた様子で抑制する英を見ているうちに、だんだん愛おしくなった。ひとつくらい希みを叶えてやろうって気を起こしたんだ。俺が同意すればいいことなんだからさ。でも俺も狡いから、あいつの口から好きだと云わせたかった。」

江島は笑い声を洩らした。

「云いましたか、」

「殴られたよ。云うわけがない。その日から別行動で、俺はさらに二週間ほど放浪して家へ戻った。そこへ英があらわれたんだ。夏も終わりかけた九月の末ごろ。先刻《さっき》のように、連れの治療をしてくれって。休診日だったから、遊びに出掛けていた親父を呼び戻した。でも、はっきり云って、うちの医院では手に負えない状態だったんだ。問診の会話がほとんど成立せず、放心してる。英は弟だと云う。養父とふたり暮らしのあいつの家族構成は知っていたから、口論になった。異母兄弟だなんて、知りようがないだろう。俺は腹を立てながら、一方でその原因のほとんどが英と連れの親密さにあると気づいていた。英はその連れの手をしっかり握っているんだ。……子どもみたいに。」

もし千尋がそんな状態にあったとすれば、凜一の父が亡くなった年のほかに考えられない。進学先の京都にいた千尋に危篤の報せが届いたとき、父の晟《あきら》はすでに昏睡状態でそのまま息をひきとった。御殿山へ駆けつけた千尋の蒼白い顔には、云いようのない悔いと焦燥があらわれていた。

通夜の席で、まずはじめに家元自身が供花を挿し、凜一がつづいた。庭に咲いていた白花の秋海棠《しゆうかいどう》と銀水引《ぎんみずひき》を銅水盤に挿けるつもりでいた。だが、鋏を持つ手が凍りついたように固まり、指先をまったく動かせなかった。鋏を持ったまま、それを放すこともできない。千尋がすぐに気づいて、凜一の指を解《ほぐ》してくれた。その手は冷たかったが、当時の凜一が共感しあえたと思える唯一のものだった。

千尋はその後も、通夜と告別式の間じゅう凜一の手を握ってくれていた。だが、千尋もまた黙って彼に共感してくれる手を必要としていたのだ。かつて希まずとも察して雨音をふさいでくれたその同じ手を、求めていた。

「患者は父の紹介で専門医のいる病院へ行くことになり、英が付き添った。俺も追いかけた。……莫迦げたことに、嫉妬していたんだ。病人が入院し、待合室で英とふたりになったところで問い詰められた。なんで追ってきたのかと訊く。さんざん云い逃れたあとで白状した。たぶん、おまえのことが好きなんだとも云った。その挙げ句にフラれた。英は俺ではなく、俺の死んだ弟に惚れてたんだ。あっさりそう云われた。」

「弟さん……、」

「ふたつ違いだった。英とは同級だ。中学のときに、独りで磯釣りに行って高波にさらわれた。英は弟の俤《おもかげ》を俺の中に見つけようとしていただけだと云うのさ。」

凜一の知っている千迅は、失くしたものや過去にこだわらない。今そこにあるものしか信じない性分だ。目の前の身近な存在をないがしろにして何年も前に亡くなった人物に執着するとは思えなかった。

「千迅さんの云い分を納得したんですか、」

「そのときはね。莫迦な告白をした自分が腹立たしくて、冷静に考える余裕なんてなかった。面目をつぶされたと思ってもいた。彼の顔を見るのが癪《しゃく》で、大学へ戻る気もしない。実際、辞めてもいいって気分だったのに、続けるほうが後の暮らしが楽だと知っているから、のこのこ大学へ顔をだした。そうしたら、ヤツが先に転部してたんだ。……そのまま、顔を合わせずに卒業した。俺は、英の作った逃げ道を礼も云わずに通った厚かましい人間だ。そんな俺を、彼はふつうの顔をして訪ねてくる。……だから、こんな齢になっても、まだうろたえる。今でも、まだあのときの道がどこかに遺《のこ》ってるんじゃないかと錯覚するんだ。莫迦げてるだろう。女房もいて、子どもも生まれたっていうのにさ、」

医院の駐車場で車のエンジン音がした。「黎一《れいいち》、大先生がそっちへ行ったぜ」と窓越しに知らせる千迅の声につづいて、通用口で耳慣れない笑い声が響き、扉をあけるように云う。江島は駆けつけて、クーラーボックスを差しだす父親を迎えた。

「お父さんもいっしょだったんですか、」

「晟《あきら》くんの息子さんだっていうから、挨拶しようと思ってな。……美奈子さんに届けて、すぐに捌《さば》いてもらってくれ。きょうの釣果だ。」

「在り処だけ教えてくれれば俺が探すと云ったんだけどさ、凜一の顔が見たいって。悪いな、出かける予定を狂わせて。」

つづいて入ってきた千迅は、まるっきり悪いと思っていない顔で江島に詫びを云った。

「今さら謝るな、」

江島は云いながら目で笑い、クーラーボックスを提げて母屋へ向かった。先ほどまでの無愛想な態度ではなかった。

「ここの院長だ。」

千迅は、傍《かたわら》の人物を凜一に紹介した。

「はじめまして。原岡凜一です。」

「実は二度目だよ。一歳になったばかりのきみに逢っている。あのときは、たまたま学会で東京にいたんだ。晟くんがK大生だったときは、私も附属の大学病院にいた。その縁で天海地流の門下になってね。こう見えても師範だ。上京の挨拶に家元のところへ寄ったら、ちょうどきみの誕生日にぶつかった。それで写真を撮ったんだよ。」

院長は卓上の内線電話をとって母屋に連絡し、例のものは見つかったかと訊いた。

しばらくして江島がふたたび顔をだした。

「向こうへ仕度ができましたよ。」

「ぢゃあ移動するか、」

一同は、母屋の応接間へ場処をかえた。美奈子さん、と呼ばれた江島の妻は千迅とも親しく、くだけた口調で出産祝いの礼を云った。夫の性分を微塵も疑ってみないようすの女性だった。そのまま、赤ん坊を抱いて寝かしつけに行った。

「まあ、くつろいでくれ、」

院長に酒をすすめられて、千迅は笑いながら辞退した。

「帰りは、黎一を運転手にすればいいだろう。どうせこいつは生下戸《きげこ》なんだ。」

江島は軽くうなずいて、凜一と自分の湯呑みに緑茶を斟《つ》いだ。千迅はその湯呑みを横取りし、凜一に猪口を持たせた。

「俺たちは、適当なところでお暇《いとま》しますよ。父も待っていますし、」

院長は夫人に云いつけてサイドボードの上にあった写真帖を取らせた。布《クロス》の色あいに古さが偲ばれる。院長はさっそく頁《ページ》を繰り、それぞれの消息を語りながら一枚のモノクロ写真へたどりついた。

背景に植えられた樹の背丈や枝ぶりは今とはちがう趣を持つが、御殿山の庭にちがいない。稽古場を建て増した場処もかつては園生だった。まだ山茱萸《さんしゅゆ》くらいしか花をつけない浅い春の庭にメギが咲いている。その前で、親子は写真におさまっている。腰をひくめた父母に両側から支えられた凜一は、呼びかけられてレンズのほうを向いた、そんな場面だ。

「フィルムを現像するのに、ぐずぐずしてね。一筆添えるつもりで、不精なものでさらに遅れた。……そこへ百合《ゆり》さんが亡くなったという報せが入って、とうとう送りそこねてしまったんた。晟《あきら》くんにはすまないことをした。」

　凜一はこれまでに数度しか確認したことのない母の肖像に注目するより、写真の中の幼い自分が着ているセーターに目を凝らした。モノクロ写真では色あいを正確に知ることはむずかしいが、淡い毛糸で編まれ、フリルになった衿と袖に濃い糸の縁どりがあった。胸元には淡いほうと同色の毛糸の房がついていた。編み込み模様も、先日家元が送って寄越したものとよく似ていた。

「随分あとになって、晟くんがここへ来たとき、親子三人の写真で残っているのはこれ一枚きりだと云っていた。それならば、あらためて焼き増しをしようと申し出たんだが、晟くんはうなずかない。今は凜一も母親のことを忘れているようだから、写真を見せて恋しがってもいけない。どうあっても戻ってこないものを未練に思うより、いっそ何もないほうがいい。いずれ彼が成長して先生をお訪ねすることがあったら、そのときに見せてやってほしいと云うんだ。私も息子を亡くしているから、気持ちはよくわかった。とはいえ我家《うち》では、亡くなった子の室を片づけるまでに十年以上かかった。私が海釣りを再開したのもごく最近だ。孫ができて、やっとふっ切れた。……よかったら、この写真は持って行ってくれ。」

江島医院を出たのは夜の七時過ぎだった。英の家へ向かう車中で、凜一は千迅を問いつめた。

「御殿山の庭にメギがあったのを知っていたんですね、」

「あれは、百合さんが晟先生のために、鎌倉の庭から苗木を持ってきた最初の樹なんだ。千尋といっしょに選んで、届けるときも姉弟そろって出かけたらしい。婚約する前さ。家元も紅葉が鮮やかなのを悦《よろこ》んでいた。毎年春先に黄色く小さな花をたくさん咲かせたが、頑固な性質だから、庭の土となじむまでは果《み》をつけない。……百合さんが亡くなって、入れかわりにはじめて紅い果がなったんだ。そうしたら、おまえはあの樹にまとわりつくようになった。家の中にいないと思うと、必ず彼処《あすこ》にいる。誰もが危ぶんでいたとおり、とうとう棘を刺した。ちょうど爪のところへ入って、大騒動になった。家元がメギを切ると云いだしたのは、そのあとだよ。」

「……棘のある樹はほかにもあるのに、」

「でも、おまえが執着したのは、あのメギだけだ。痛い目に遭ったあとも、そこへ行って、また棘を刺した。そのときは転んだあげくに瞼をかすったんで、さすがに晟先生も反対できなくなり、植木職人を呼んで、ひきとってもらうことになった。千尋は最後まで反対した。百合さんの持ちものやら写真やら、御殿山にあった一切合財を片づけた後で、メギは唯一遺ったものだったんだ。」

「それぢゃ、ぼくがあのまま鉢植えを届けていたら、兄さんは何を今さらと感じたかもしれないですね、」

「おまえが、実は母親のことを憶えていたんだと思って感激するんだろう、」

千迅は皮肉で答えた。江島院長に写真を見せられても、母の姿に感情移入できなかった凜一の心情は、とっくに見抜かれていた。

車は堤防にそった市道を道なりに進んだ。街灯は少なく、人家の灯も洩れてこない。夜の闇はすぐそこにあるはずの海を見失わせた。風のない晩で、波音も堤防にさえぎられて聞こえない。そのあたりに浜はなく、潮は人家のすぐそばまで満ちてくる。市道から少し奥まった路地の突き当たりに堤防が見え、その向こうはもう黒々と横たわる闇だった。

路肩へ寄せて車を停めた千迅は、凜一を外へ誘った。用水路沿いに歩くうち、堤防に突き当たった。高さは一・五メートル足らずで、満ち潮が寄せて、静かな波音が響いた。沖にはいくつかの島影が横たわっている。周囲が数百メートルの個人所有の島が点在する土地だった。住民のいない島がほとんどで、闇にまぎれてひっそりと息をひそめている。そのうちのひとつを千迅は指した。

「江島だ。名前のとおりで、黎一はこのへんの代々の土地持ちの倅《せがれ》なんだよ。下手をすれば医療過疎にもなりかねない地域で、家業を継ぐのは江島の家に生まれた者の義務だ。親には弟のぶんも孝行しなけりゃ不味《まず》い。やっと孫もできて、大先生も安心だろうさ。」

堤防へよじのぼった千迅はそこへ坐り、煙草に火をつけた。凜一も上にいる千迅の手を借りて堤防へのぼった。

「……どうして、江島さんに嘘をついたんですか、」

「何の話だよ、」

「死んだ弟さんのほうがいいって、云ったそうですね。」

「忘れた、」

「江島さんが云っていました。英は、相手が求めるものをすぐに見抜く人間だって。そのくせ、自分からはいっさい要求しない。希みや期待をあらかじめ抱かない。」

「あの男の云うことを真に受けるな。」

「……ぼくは千迅さんの年齢《とし》になっても、ああいう友人を持てそうにない。いったん別れたら、もう逢うこともない。そんなつきあいしかできないんです。」

「江島ぐらいの男、どこにでもいるだろう、」

「そうではなく、千迅さんのようになれないと云っているんです、」

「あたりまえだ。俺とおまえは、境遇がまるでちがう。……なんだよ、氷川くんと喧嘩でもしたのか、」

「氷川さんは、まっとうであるべき人なんです。ぼくのようにうっとうしい人間が、いつまでも傍《そば》にいたら迷惑になる。」

「おまえと少しでも関わりがあるという時点で、彼はすでにまともぢゃないよ。」

「でもぼくの同類でもない。江島さんのように家庭を持ち、まともな大人として暮らす人です。……千迅さんだって、それだから江島さんに気のないふりをした。」

「だから、黎一は最初からただの男なんだよ。俺は誘ってもいないし、頼んでもいない。相手が、承知するかどうかぐらい見れば解るだろう。」

「……江島さんは、迷ったと云っていました。」

「初耳だ。」

「千迅さんも、千尋兄さんも、肝心なときに嘘をつく。」

「そりゃ、自分がかわいいからな。おまえだって、守ろうとするものがあるから、悩むんだろう。」

「ぼくは、千迅さんを道しるべにしてきたんです。迷ったら、千迅さんの後をついていけばいいと極《き》めていた。」

「迷惑だよ。自分の食いぶちも稼げないヤツに云われたくないな。俺は、鎌倉に用立ててもらった学費は卒業までに返済したし、その後も経済的には誰の援助も受けずにやってきた。だが、ゆとりがあってそうしたわけではないから、いまだに貯蓄はない。父には年金以外の収入はないし、資産もない。仕事を失くせば、すぐ父子で路頭に迷う。おまえとは立場がちがうんだよ。俺に何ができるんだよ。おまえの面倒なんか見られないぜ。」

「……すみません。」

「謝るな。俺ごときのことばにいちいち耳を貸す必要はないんだ。家に資産があるのも、働かずに悠々と学業に励めるのも、べつに悪いことぢゃない。そういう環境も含めて天賦なんだよ。堂々としていろ。恐縮してみせたって、厭味《いやみ》なだけだ。」

「何をしても怒られる。」

「だからいつも云ってるだろう。俺はおまえを雑に扱うのが面白いんだ。憎まれ役が愉しくて仕方ない。」

満ちてきた潮は、堤防のすぐ下まで打ち寄せ、昼間ならそこにあるはずの船着き場の石段が半ばまで水没していた。千迅は、新しく煙草を取りだして火をつけた。

「泣けよ、」

「……べつに、泣きたいわけぢゃありません。」

「だったら、勝手にそうやってろ、」

煙草の匂いが足音とともに遠のいた。あたりの家並みはすっかり静まり、人影もない。海辺の夜は凜一には耳慣れない音がする。舫《もや》い綱に括《くく》られた船の軋み、沖合いを密かに疾走するボートのモーター、排水口の流水、すべてが闇にまぎれて聞こえた。夜天《そら》は雲に蔽われてうっすらと明るく、その薄墨色よりも白い雲がひと群ひくく流れてゆく。薄闇の中でその白さが際立った。ときおり何かが反射して夜天を光らせる。風向きが変わり、雲の流れがせわしない。遠雷の音は聞こえず、稲妻だけが瞬《また》きをくりかえした。

「いつまで、そうしてる気なんだ、」

立ち去ったと思っていた千迅が、凜一のすぐ後ろに佇んでいた。

「……どうすれば、気に入ってもらえるんですか、」

「誰に、」

「千迅さんに、」

「それを訊く前にすることがあるだろう、」

「氷川さんとは、もう逢わないことにしました。」

「だから、なんだよ。おまえが誰と交際しようと、知ったことぢゃない。……俺が云ってるのは、おまえに何ができるのかってことだ。天海地流の看板無しに花を挿すこともできず、流派を継ぐ器じゃないと云いながら、べつにその立場を手放すわけでもない。そんなのはただの甘えだろう。……悪いが、俺は能無しは厭《きら》いだ。」

「だったら、どうして期待を持たせるんですか。頼ってもいいようなふりをして、いつも途中で突き放す。……ぼくは鈍いから、ハッキリ云ってもらわなきゃ解らない。この場で、二度と傍へ寄るなと云ってください。」

「よく云うな。おまえこそ、自分の都合でしか声をかけてこないくせに。俺を頼るのは、ほかの首尾が悪いときだけだろう。断っておくが、俺はおまえの親でも保護者でもない。親族でもなければ兄弟でもない。むろん、友人でもない。」

そう云いながら、千迅はいつもの乱暴な調子で凜一を引き寄せた。触れてくる唇に、凜一も迷いつつ応える。いつのまにか冷えていた躰を包みこむ自分のものではない温もりは心地よかった。互いの気息や感覚はごく当たり前に同化しようとする。だが、こんなに近く交じり合うものであっても、躰の中の虚は埋まらない。もっと異質なものが必要だった。

4

京都へ戻った翌朝、凜一は先に正午《まひる》を見送り、家の戸締まりをしていた。そこへ、数日ぶりに有沢が訪ねてきた。

「きょう帰るから、」

何時の便でとは云わない。凜一に訊《たず》ねて欲しいのでもないことは、すぐに話題をそらす態度にあらわれていた。

「ちょっとつきあわないか、」

凜一は承知して、連れ立って家を出た。バス停へつくなり、有沢は行き先を気にするふうもなく真っ先に到着したバスへ乗りこんだ。車中ではあまり口をきかず、車外の景色を眺めていたが、そのうち凜一を促して途中下車した。降りてから停留所の表示を確かめ、案内板を気のなさそうに覗きこんだ。やがて、凛一に声を掛けるでもなく歩きだした。

通りの向かいに厳《いかめ》しく門を構えた古刹《こさつ》には目もくれず、小さな矢印で示された庭園へ向かった。民家に囲まれて小さな門があり、寸志をおいて入園する。受付の料金函を素通りした有沢の分も硬貨を投入した凛一は、はじめて訪ねるその庭の意外な広さに目を瞠った。廻遊《かいゆう》式庭園である。月を象《かたど》った池を囲んで、書院造りの建物が点在する。歩きぶりからみても、有沢が庭に何の興味もないのは瞭《あき》らかだった。水の面《おもて》に映る景色を眺めるでもなく、順路を無視して歩いてゆく。

山桜の若木が、小さく淡い花を咲かせていた。華やかさはないが、あたりかまわず靡《なび》いて見せるような驕《おご》りもなく、あっさりした様子が清々しい。それすら目もくれず、有沢はひたすら庭の奥へ進むばかりだった。池の向こう岸には人影もあったが、やがて葉むらに隠れてしまった。奥まるにつれて樹木も密になり、すれちがう人もない。

「……どうしてもダメなのか、」

先にたって歩く有沢が、唐突に訊いてくる。独りごとのようでもあった。凛一は黙ったまま、次に何か云われるのを待った。

「あの男のどこがいいんだ。……女がいるんだろう。前にそう云ってたよな、」

答える気配のない凛一を捉らえ、有沢は自分のほうへ向き直らせた。セーターの衿を摑み、躰ごと近くにあった樹の幹へ押しつけた。

「何とか云えよ、」

「有沢さんこそ、何をしに来たんですか。何年も音沙汰なく、居場処すら知らせてくれなかった。そんな人が、まるできのう別れたように訪ねてきて、いったいぼくにどうしろと云うんです。」

「葉書を出しただろう、」

「ぼくが三年前と同じだと思ってるんですか、」

「どこか変わったのかよ。おまえはまだあの男とつきあっていて、世話を焼いてもらえないで躰を持て余してるんじゃないか。そうなんだろう。俺が介意《かま》えば、それなりになびくくせに、何を取り澄ましてるんだよ。笑わせるな、」

唇を触れてくる。開けろ、と云われて、凜一はその通りに有沢を受け入れた。だらしのない人間なのは、指摘されるまでもない。信頼され得る人間だとも思っていない。親代わりのごく身近な者たちにすら、どうふるまえば受け入れられるのかを迷っている。挙げ句に、思慮の浅さを責められるばかりだった。考えて動くことが何ひとつ通用しない以上、ありのままでいるほかはない凜一にとって、愚かさの釈明も浅ましさの理由づけも必要がなかった。

有沢が氷川とちがうのは、不安な肉体を抱えながら、まだその有りようを信じている点だった。氷川は自分の躰がどう動くかについて、フィールドにおいてさえ意識していない。考えるより先に反応することを当然だとも思っている。どこかでいつも、自分の身に淡泊だった。

唇を離した有沢が、いきなり凜一の顔を殴りつけた。

「どうしてそうなんだよ。……好きな男がいるんだろう。だったらなんで、こんな真似をするんだよ。」

殴打された凜一は、はずみで舌を嚙んでいた。口の中で出血し、手巾《ハンカチ》をあてがうまもなく被《おお》っている手のひらに溢《あふ》れた。唾液といっしょになり、凜一が感じている実際の痛み以上に、血が滴り落ちた。

「……ここにいろ、」

さすがに有沢もあわて、凜一を坐らせて手巾をあたえた。そのまま、どこかへ走りだした。自分の不甲斐ない始末に理由をつけるより、痛みをこらえているほうが凜一にとっては楽だった。傷は手当をすればそのうち塞がる。だが、躰の中にある途方もない空洞は、大きすぎてどう塞げばいいのかまるで解らなかった。

管理事務所へ行ったらしい有沢は薬罐《やかん》と湯呑み、それに救急箱を持って戻った。口を漱《すす》ぐよう促された凜一は、湯呑みを受け取った。口の外側も腫れていて、うまく水を含むこともできなかった。手間どって、ようやく口を漱いだ。有沢は救急箱の中から止血用の脱脂綿を探し、袋ごと凜一に持たせた。

「血が止まるまで、口の中へ入れて静かにしてろ。……返してくるから、」

薬罐と救急箱を提げて、有沢はふたたび管理事務所へ向かった。凜一は綿を口に含んで小径《こみち》の縁石に腰掛けた。ここ数日で満開になった園内の桜は一斉に散りはじめ、はやくも若葉が萌えだした。短い春は走り去ろうとしている。やわらかな新芽におおわれた草地にも、無数の花びらが埋もれていた。有沢が戻り、冷たいタオルを凛一にあたえた。袋詰めの氷を抱えている。それを別のビニール袋に詰めて氷嚢をつくった。

「冷蔵庫にあったヤツを無理やりもらってきた。自分で具合いいように押さえてろ。……綿を取りかえたか、」

凛一は口に含んでいた綿を取りだし、手もとのガーゼにくるんだ。

「見せてみな、」

有沢は凛一が拒もうとするのをさえぎって口を開かせた。新しい血があふれてくる。有沢はそれをガーゼで拭きとり、もう一度綿を含ませた。

「殴られるときは歯を喰いしばれって、教わらなかったのか、」

凛一はうなずき、タオルにくるんだ氷を頬にあてがった。有沢は放置してあったバックパックを摑んだ。

「医者へ行こう。事務所で近くの診療所を訊いてきた。通りへ出てすぐらしい。」

促されるままに、庭園の外へでた。凜一は医者へ行くほどではないと云おうとしたが、身ぶりが通じないうちに診療所の玄関へついた。口をきけない凜一のかわりに、有沢が受付で説明した。こんなときは妙に真っ正直な性質《たち》で、訊かれるより先に自分が殴ったのだと話し、治療をせかした。時間を気にしている。予約した便への乗り継ぎ時間が迫っているのだろうと察した凜一は、待合室に置かれた電話台のメモ用紙に「独りで大丈夫ですから」と書こうとして手間どり、途中で診察室へ呼ばれた。

止血の治療を終えて待合室に戻った凜一は、受付の職員から有沢の伝言を受け取った。先ほど凜一が書きかけた紙につづけて走り書きしてあった。

〝悪いが、時間になった。支払いはすませてある。……また来ることがあったら連絡する。いろいろすまなかった〟

連絡先は記していない。有沢の去りかたは三年前と同じだった。

自宅へ戻った凜一は、国際線の時刻表を繰ってみた。だが、有沢が出発する空港も訊きそびれたのでは、意味のない作業だった。三時過ぎに、授業を終えた正午が戻った。頬の腫れに気づかないはずはない。出血は止まっていたが、話はうまくできない。凜一は紙と鉛筆を持ちだし、怪我の状態を説明しようとした。むろん、有沢に殴られたせいだとは書けない。正午は、鉛筆を動かす凜一の手を軽く押さえた。

「謝っておいてくれって、……有沢さんが、」

正午の口から意外なことばが洩れた。

「研究室に電話があったんだよ……、」

半端にことばを切って、正午はその先をはぐらかした。

「食欲はあるの。食事する気があるなら作るけど、」

訊かれて、凜一は要らないと答えた。医者には流動食を摂るように云われたが、今は何も口にする気になれなかった。夜になって、千尋から電話が入った。目で懇願する凜一に正午も身ぶりで応じ、今は外出しているという嘘が伝えられた。電話口に出られない以上は、居留守を使うしかない。受話器を置いた正午は、居間にいた凜一のところへ戻って、その場にそぐわないほど無邪気な表情で手を差しだした。

「今のは有料なんだけど、」

ようやく洩れる声でいくら、と訊いた凜一に、正午は差しだした手を引っ込めた。

「冗談だよ。金銭的な要求はしない。そのかわり、ひとつ質問に答えてほしい。」

「……なに、」

「千尋兄さんと千迅《ちはや》さんと氷川さんと有沢さんが、もし同時に別々の場処で事故に遭ったら、真っ先にどこへ駆けつける、」

「……そんな莫迦げた質問には……答えられない。」

「知りたいだけだよ。従兄《にい》さんがほんとうは誰を好きなのか、」

「知ってどうする、」

正午は意外なほど陽気な笑みを浮かべた。

「手薄なところから横取りしようかと思ってさ。……なんでかな、みんな凜従兄さんのことばかり気にかけてるんだ。これほど浮気で薄情な人間はいないのにね。」

くだけた口調になり、警戒していた凜一を安堵させた。

「正午に云われたくない。……ぼくにないものを、みんな持っているくせに、」

「有沢さんなら、割り込んでもいいだろう、」

「ぼくが答えることぢゃない。」

「兄貴の留学先、有沢さんの家から近いんだ。数時間で行き来できる。」

「有沢さんの住所を訊いたのか、」

「……知らないの、」

凜一はうなずいた。

「以前に省子さんが写真展の事務所で訊きだしたことがあって、ぼくが知っているのはそれだけだ。変更がなければ、まだそこに住んでるんだと思う。」

「云ってなかったけど、このあいだ被写体になったんだ。従兄さんが留守の晩に有沢さんがここへ来て、」

「女を招ぶって云ってたくせに、」

「そらすなよ、話。そういうことぢゃなくてさ、有沢さんが俺に介意《かま》うの、躰が従兄さんに似てるからだよ。解ってるんだろう、」

「……そんなこと、解るわけがない。だいいち、ぼくだって正午の躰は知らない。」

「ぢゃあ、見る、」

「そういう話ぢゃないだろう、」

「下手だって云われた、」

「……なにが、」

「キス。……まさか咬みつくようなキスしてると思わないからさ、」

「誰が、」

「だから、そっち、」

「……打《ぶ》たれた拍子に自分で嚙んだだけだ、」

「縫合《ほうごう》した、」

「そのほうが治りが早いからって、」

「有沢さんのどこが不足なんだよ。云いたくはないけど、氷川さんは最終的には女を選ぶ人だよ。解ってるんだろう、」

凜一はうなずいたきり、その話題を打ち切りたい思いで口をつぐんだ。正午もその意向を受け入れて、風呂に入ると云って立ちあがった。

日曜日は、ふたりとも出かけずに家で過ごした。正午は午前中いっぱい奥の六畳間で茶を点て、彼がまだ完全に取り戻しえない茶道家としての人格を作るのに骨折っている。凜一は、郵便受けに届いた手紙の意外な厚みに途惑っていた。家元からだ。あらたまった封書は、凜一にとって厄介な内容であることが多い。そう思って、実は昨夜から封を切らずにおいた。さらに一日延ばすわけにもいかず、凜一はようやく封を切った。

文面は、先の郵便物に添えたセーターについてだった。

「手紙が後になってしまい、お寛《ゆる》しください。セーターをあのように突然お送りし、さぞ愕かれたことと思います。あれは、凜一さんの二十歳の誕生日に手渡す約束で、私が百合さんから預かったものです。百合さんが編みました。一歳の誕生日に祝い着として拵えた服と同じ毛糸で編んだものです。山ほどの淡色の毛糸を寝床の傍において、百合さんも気持ちが華やぐようでした。

百合さんからの手紙はありません。目の前にいる一歳の息子が二十歳になった姿を想像して手紙を書くなど自分には面はゆく、一方的な親の感傷を二十歳になって受けとる凛一の困惑を考えるなら、なおさら書き得ない、どうぞお姑《かあ》さまが、そのときの凛一にふさわしいことばを添えて渡してやってください、との伝言です。百合さんは、寝たり起きたりの日々の中で、いっしょに過ごせなかった二十年分の詫びのつもりで心をこめて編むのだと云っていました。二十歳までが親の責任と心得、見守ってやれない分をこの糸に託しておきたい、何より無事を祈っている、と云いつつ編んでいました。

二十歳になった凛一はこんな色を厭《いや》がるかもしれないけれど、それはそれでかまわない。その姿を想像できるわけでもありません。わたしは現実を受けとめる人間だから、凛一にもそうであって欲しい。母の姿を憶えていてほしいとは希みません。なぜこんな色をと訊《たず》ねられたら、一歳の凛一に何より似合った色だから同じ色を選んだだけなのだと伝えてほしい、と笑っていました。大きさは晟《あきら》さんより少し大きく拵えます、と愉しそうでした。あの春のまま封印をして誰にも見せずにしまっておくことを、百合さんと約束しました。虫がつかないようにだけ気をつけて、そっと匿《かく》しておきました。

早生まれの凛一さんが二十歳の誕生日を迎えるのはほんとうは来年です。でも、私もこの齢ですから、一年はやくお渡ししておきます。凛一さんが留守のこの家で私が倒れでもしたら、約束を果たせなくなってしまうかもしれません。これで肩の荷が下りました。百合さんの見立てどおり、この色は今でも凛一さんによく似合うと思います。竹雄の江島菱一《りょういち》先生より手紙を頂戴し、凛一さんが一歳の誕生日を迎えたおりの写真を先生が持っていってくださったと知りました。同じ毛糸で編んだとわかりますか。

そちらの桜もそろそろ終わりでしょう。凛一さんも躰に気をつけてお暮らしなさい。私も達者にしております。ご心配なきよう。では、さようなら」

送られてきたセーターが薫物《たきもの》の匂いに包まれていた理由は、凛一の推測とはまったく異なっていた。彼はしまいこんでいた包みをふたたび解《ほど》き、セーターに袖を通してみた。父の背丈がどれほどだったか知らないが、千尋には上背だけは追い越したと云われる。セーターは、そんな凜一にちょうどいい大きさだった。

一歳の彼が着ていた服とちがい、フリルや房の飾りはない。そのかわりに編み込みの模様がいっそう複雑で伸縮性があり、躰へよくなじんだ。衿刳りと袖はかたくずれしないよう硬く編まれてはいるが、窮屈な感じはない。濃紺の縁《ふち》どりが、淡色を引き締めている。凜一はきょう一日それを着たまま、過ごすことにした。毛糸の風合いのほかには何もない。花片と同じ軽やかさがこのセーターにはあった。余分な思い入れや感傷を善しとしない母の心情はありがたかった。

稽古の最中はほとんど室《へや》を出てこない正午が、珍しく居間へ顔を見せた。凜一は手紙をたたんで本を読んでいた。

「まだ痛む、」

傷のようすを訊いてくる。クッションをあてて壁に寄りかかったまま、凜一は頸《くび》だけを動かして正午と目を合わせ、だいぶいいと答えた。声に出すことばも、昨夜よりは鮮明になった。だが、正午の意識は声など聞いていない。凜一をまともに見据えた。

「……それ、どうしたの、」

淡色のセーターを訝しんだ。

「まさかとは思うけど、家元の手編み、」

「ちがう。……母からの誕生祝い、」

「何云ってるんだよ。とっくの昔に亡くなっただろう、」

凛一は家元からの手紙を正午にも見せた。読みながら、たちまち涙を零している。

彼は昔から、人のことでは容易く感情を解放する人間だった。ここ二年ほどそんなことがなかったのは、おとなびた所為ではなく、彼自身が傷ついていたからだ。睛《め》を潤ませたまま、もう一度凛一をつくづく眺めた。

「……似合うね、」

「無理に褒めてくれなくてもいい、」

「ありのままを云ってるんだ、」

「それなら、外へも着て歩くことにする、」

「ごめん、」

「……何が、」

正午が何を詫びるのか、凜一には理解できなかった。

「昨夜、莫迦みたいなことを云って悪かった。凜従兄《にい》さんが、どうして氷川さんちゃなきゃダメなのか、ほんとうは解ってる。……似たものなんて要らないんだ。俺がどんなに従兄さんを真似たって、関心を惹くはずがない。そんなのは窮屈で退屈。自分の尺度に合わせて欲しいなんて、従兄さんはひとつも考えない。……だけどそれ、因果な生き方だよね。報われない場合だってある。」

「……たぶん、」

そんなおりに、玄関の呼び鈴が鳴って正午が応対に出た。まもなく彼の後から居間へ入ってきたのは氷川だった。正午は、あらかじめその準備をしていたかのように、出かけると云って玄関へ向かった。硝子扉を開け閉めする音が響き、やがて足音が遠のいた。凜一が佇《た》ちつくして動かないでいる傍へ、氷川は黙ってならんだ。

しばらく沈黙がつづいたのち、凜一は氷川の腕の中へ躰を投げだした。そうするよりほかに説明のつかない想いに駆られた。拒まれるなら、それも仕方がない。もはや理性を働かせることなどできなかった。

「……悪かった、」

ひくく呟いた氷川は、凜一を両腕で受けとめ、抱擁で応えた。凜一がしがみつくほどに、さらに勁《つよ》い力を返してくる。

「彼、来たんだよ。合宿所へ、」

「……誰、」

「有沢。凜一を殴りつけて怪我をさせたって。ホテルへ行ったのも、裸にして写真を撮ったのも、相手は正午で、凜一ぢゃない。そのほかどんな流言が耳に入ってるか知らないが、節操がないのは凜一ではなくて、あれのまわりにいる人間だと云うんだ。」

「……有沢さんが、」

「そう。……さらに、こうも云われた。こうして顔を合わせていても、俺にはあんたのどこがいいのかさっぱり解らない。おまけに女で満足するただの男だ。凜一が莫迦だとしか思えない。だから殴ったんだ。避けかたを知らないから、大事になった。あんたが見舞いに行かないなら俺が戻る。それでもいいのか、と詰め寄られた。」

唇を合わせてくるのを、凜一は軽く避けた。

「……まだ傷口が乾いてない、」

「痛む、」

「……そうぢゃなくて、血が、」

「そんなのは介意《かま》わない。」

肩を抱いて、唇を被せてくる。有沢が氷川を訪ねて行くなど、凜一には思いも寄らなかった。空港へ行く時間を気にして立ち去ったのだと思っていた。ふたりの間で実際にどんなやりとりが交わされたにせよ、それを受けて訪ねてくる氷川も氷川だった。

「合宿所を、どうやって抜けてきたんですか。抜けていいはずはないのに、」

「治療に行くと云ったんだよ。正当な理由だろう。」

「……こんなのはよくない。氷川さんはぼくとはちがう。」

「どうちがうんだよ、」

「……なんで女友だちがいるんですか。」

「今さら訊くのか、」

「それが答えなんだ。ぼくを抱いても、氷川さんはたぶんひとつも気持ちよくない。キスをして躰を触っていても、莫迦らしいだけのはずだ。ずっと続けることなんてできない。社会人になれば、今より人の目は厳しくなるし、注意深くなくてはいけない。」

「何が云いたいんだ、」

「限界なんです。今の状態は、氷川さんにとってあまりにも莫迦げている。氷川さんをまっとうな男だと見做《みな》している周囲の人間にすれば、とうてい理解できないはずだ。ぼくは何を云われてもいい。でも、氷川さんにはそんな非難を受ける謂《いわれ》はひとつもないんです。」

「だから、それをどうしてここで、口論しなくちゃならないんだよ。……こんな話になったから云うが、つい昨日、真部《まなべ》にも似たようなことを云われた。……名前は知ってるだろう。婚約してほしいと云ってきた。俺が東京で就職するのを前提に云うんだよ。彼女もそうしたいと云う。だが、卒業後に実家を出るつもりなら婚約が条件だと両親に云われたそうだ。そういう理屈は俺にはさっぱり理解できない。だから、わざと就職が極《き》まったら婚約を解消してもいいのかと訊いた。そうしたら、結婚は今すぐにとは希まない。五年先でもいい。とにかくずっといっしょにいられるという保証がほしいと、そう云う。なんでそんな先の約束が必要なんだよ。俺も短気だから、その場であっさり断った。理由を訊かれて、凜一とのつきあいは断てないと答えた。……だから、どのみち流言はたつ。男同士で可能な、ありとあらゆることをしていると思われる。」

「……後悔してませんか、」

「したってはじまらない、」

「氷川さんは、自分自身の扱いが乱暴すぎる。」

無頓着と云ってもよいほど、氷川は人の流言や視線に関心がない。人にどう思われようと、いっこうにかまわない態度だった。

「どうしてだか教えようか、」

「理由があるんですか、」

「あるよ。……でも今は云わないでおく。凜一がもっと冷静なときに聞いてもらいたい。気が昂《たか》ぶっているヤツに話す内容ぢゃない。」

「べつに昂ぶってなんか、」

「……これでも、」

体格や腕力ではるかに上回る氷川は、凜一を動けなくして躰へ手を触れてくる。

「いつもと違うことをしようか、」

答えるかわりに、凜一は躰の力を抜いた。そのまま、ふたりとも板敷きの床へ倒れこんだ。窓越しに薄日が射して、床にうっすらと日だまりができている。凜一は腕を伸ばし、薄地の窓掛けの裾を引いた。合わさってくる躰は、凜一にはとうてい持ち得ない皮膚を持ち、どうあっても境界を見失うはずがないほど異質なものだ。そのくせ、たやすく惹きこまれてしまう。酔うには充分な感触だった。肩や胸で床の上に先ほどまであった日だまりの名残を感じとった。だが、しだいに凜一の感覚はもっと鮮明で確実な搏動に占められた。指先の力だけで捉らえてくる氷川の勁《つよ》さには馴れているつもりだったが、思わず身慄《みぶる》いした。千迅であれば笑い飛ばすにちがいない。だが、氷川はそういう人間ではなかった。

天窓から射しこむ光は、室内に拡散して唐紙に淡い波もようを作っている。幾重もの波形が躍った。瞼を閉じてもそれらの波は消えずに残り、凜一の息遣いに応えるように波打った。いったん高じた心音は、彼の場合は深く息をするごとに少しずつしか鎮まらない。傍の氷川からは、すでに落ちついた搏動が洩れてくる。

「……平気、」

問われて、凜一は瞼をあけた。同じことを氷川に訊ねてみたかった。まともな男にとって、気持ちがいいはずはない。口をきこうとしたが、まだ呼吸は忙《せわ》しない。大袈裟に動く彼の胸廓へ、氷川はそっと手のひらを置いた。それは凜一が口に出せなかった問いへの返事だった。視線を合わせてくる表情で、置かれた手の意味が了解された。凜一はふたたび目を瞑り、その手の確かな感触を全身で受けとめた。

「凜一を連れて行きそこなった、」

「……どこ……へ、」

「桜見物。ちょっとないくらいの紅枝垂《べにしだれ》だった。大学のグラウンドがある山の奥に見えるんだ。たぶん私有地だろうが、大学の敷地づたいに近づける。迷ったふりをして何度か入ってみたんだ。谷になったところへ、重なり合うように枝垂れ落ちて、遠目にはひと繋がりの枝のように見える。よく晴れて谷に陽が射しこむときは、絶え間なく花片が散って、飛沫《しぶき》をあげて流れ落ちる瀧《たき》のようなんだ。……もう散ってるな。凜一を誘った前の晩にも雨が降ったから、たぶんあれが見納めだったろう。葉桜ぢゃ、しょうがない。」

「でも、新芽の色は好きです。桜なら、ぼくは花より葉を挿《い》けたい性質《たち》だから、」

「だったら、行ってみるか。……歩ける、」

凜一は笑い声を返した。

「本気で訊くんですか、」

明倫館大のグラウンド横の径へたどりついたのは、午后の陽がだいぶ傾きかけた時刻だった。そのうえ遠目にも、桜の淡色にかわって若葉の緑が萌えだしていることが見てとれた。西向きの傾斜は、標高の高い半分ほどが陽を浴びて、残りの半分は蔭の中にあった。その蒼い蔭は、はじめのうちこそ眩しく陽を浴びた面との対比で小暗いだけだったが、目が馴れるにつれて、漆黒《しっこく》や墨染《すみぞめ》、烏《からす》、煤竹《すすたけ》と、黒のさまざまな色あいが浮かびあがった。

「先刻《さっき》の話、聞かせてもらえないんですか。」

「……なんだっけ、」

氷川は、はぐらかしてみせ、そのあとは無言になった。だが、口許には笑みがある。

「十年前にはそれが大問題だったのに、今となっては、何があれほどショックだったのか解らないって、ことがあるだろう。……俺のもそれなんだ。そのくせ、尾を引いてる。」

「……啓介《けいすけ》さんが亡くなったころ、」

「その翌々年。兄が亡くなって一年半が経っていた。俺は中学受験の直前で、毎日塾通いをしていた。以前《まえ》にも話したとおり、第一志望は一領《いちりよう》学園だった。ある日、塾を終えて家へ戻ったら軒燈も点いていない。廊下も真っ暗で、いつもなら台所に立っているはずの母の姿がなかった。風邪の発熱で寝込んでいたんだ。枕もとに薬袋があって、なんとか医者へは行ったんだと、少し安心した。呼びかけても、寝ているらしくて返事はなかった。もし起きたら重湯くらいは口にしたほうがいいだろうと思って、兄に習いおぼえたとおりに作り、それを湯冷ましなんかといっしょに母の枕もとへ運んだ。そうしたら、……啓《けい》ちゃんなの、ありがとうって云う。思わず、うん、と答えた。母の部屋を出たあとは、暗い所為で兄と間違えられたんだと納得しようとした。でも、兄は一年半も前に死んだじゃないかって、そう思ったとたんに涙が出てきて止まらなくなった。兄が亡くなって以来、泣くことなんてなかったのに。そのまま台所へ戻り、しばらく声を出さずに泣いた。声が出なかったんだ。一年半分の想いが募っていた。そんなに長い時間ではなかったと思う。母が起きてきて、蒼白い顔のまま、ごめんなさい、ごめんなさい、とくりかえした。……それだけなんだ。たいしたことぢゃない。母は熱があって、意識がはっきりしなかっただけだ。解ってるのに。でも、俺だって十二歳の甘えた子どもだったから、兄のいない淋しさを家族に埋めてもらいたかった。やっと耐えているんだと気づいてほしかった。だが、母の口から洩れたのは兄の名だった。俺がずっと我慢していた間じゅう、母は兄のことしか頭になかった。気づいてくれなかったという意味では、父も同じ。そのときに抱いた気持ちを修復するのに、長い時間が掛かっている。そういうことなんだ。べつに今、両親との仲が不味《まず》いわけぢゃない。ふつうに話もする。ただ、気持ちのどこかでわだかまってしまう。あの翌週が中学受験だった。結果はさんざんだ。一領学園は不合格になり、二次試験でようやく東和《とうわ》大の附属中へ受かった。……あのとき一領へ合格していたら、凜一ともっとはやく知り合っていたんだろうな、」

「もし氷川さんが、すんなり一領へ入学していたら、ぼくのような下級生とは関わらなかったと思います。気づくことさえ、なかったかもしれない。あるいは、目ざわりな存在として認識したはずです。」

「だとしたら、今よりもっとつまらない人間になるところだった。どう足掻《あが》いても兄にはなれない自分を否定したまま、終わったかもしれない。ただ楽だという理由で兄を頼り、真似をして、同じ道をなぞって歩いた。それが突然独りになった。そうしたら、周りの人間にとっての俺は兄の雛形《ひながた》でしかなかったんだ。俺の中の兄に似た部分だけを見ようとする。目標を見失った上、自分の姿すら消えていた。……フットボールでなくてもよかった。兄の暮らしぶりから掛け離れたものであれば何でも。」

「ぼくでなくてもよかった、」

「云ってないだろう、そんなこと。……兄と違う生きかたにこだわればこだわるほど、兄を否定してしまう。それでいいはずはない。自分の選択に満足しているわけでもなかった。大学の進路も迷っていた。そういう状況で身動きできなかった時期に、凜一と出逢ったんだ。」

「……そんなふうには見えませんでした。初めて逢った氷川さんは、何の翳《かげ》りも葛藤も感じられなかった。こういう人は、自分自身を無条件で肯定するのだろうとも思いました。」

「それこそ、ただの莫迦だな、」

「……そうは云ってない、」

「凜一には兄の話をたびたび聞かせたけど、……誰にでもそうしたわけぢゃない。あんなふうに兄の話ができたのは、凜一だけなんだ。……感謝してる。」

谷を囲んで曲がりくねった径を、ふたりともしばらく黙って歩いていた。語ることのないそんな時間が、何より凜一を愉しませた。常緑樹にまぎれて白い花やひときわ鮮やかな若葉を茂らせた辛夷《こぶし》や山法師《やまぼうし》が眼下に見える。稜線に隠れるまぎわの陽光が谷に射しこみ、氷川と凜一が歩く径にも反射した。その傾斜に目立って明るく萌えたつ緑の瀧があらわれた。ところどころ淡色の靄をおびて、紅枝垂れの名残をとどめていた。若草色にまぎれて咲く遅い花だけが残っている。幾重にも枝垂れる緑の瀧は、少しずつ蒼い蔭の中へ消えつつあった。

「もう終わってる、」

「でも若葉の緑もいい。桜はこの時期がいちばん柔らかい表情をしているんです。見捨てたものぢゃない。……それに、ぼくにとっては、今ここで氷川さんと一緒にいることのほうが重要なんだ。これでもう充分。べつに満開の桜に感動しなくてもいい。」

上空にひろがる淡紫《うすむらさき》にぼやけた夕天《ゆうぞら》に、浮雲があった。ひとつだけほかの雲から離れ、翳りはじめた天《そら》を悠々と漂ってゆく。しだいに紫を濃くする雲の縁が、突然入り日の茜《あかね》色に染まった。谷を挟んだ向かい側の稜線は、陽を浴びてまだ真昼のように明るかった。

あとがき
江戸ッ児《こ》の花狂い

長野まゆみ

毎年なんの音沙汰もなかった庭の万年青《おもと》が、この冬ようやく紅い果《み》をつけた。ということは、初夏のころに花が咲いていたはずだが気づかなかった。そもそも母が植えたものだから、私の管理下にない。日ごろは存在すら忘れがちだ。緑の少ない冬場の間に合わせぐらいにしか思っていなかった。

「白昼堂々」のシリーズを書くにあたり、ふつうの植物図鑑だけでなく花を挿《い》ける場合の注意点などを書きこんだ資料にも目を通すようになった。万年青は華道においてはずいぶん古くから各流派ごとの技法が確立した植物のようだ。同時にその園芸品種の多種多様ぶりに驚く。

長いあいだ、植物は野にある状態が一番、などと単純に信じこんでいた私は、園芸植物をあまり重視してこなかった。たんに遺伝子工学がからむ理系の頭がないという理由にもよる。奇形と突然変異のちがいなど考えもせず、花は葉が変化したものであるという器官の基本すら頭になかった。そのうえ、庭の土を肥やすことすらまともにできない。だいいち、土のなかで蠢くモノたちが実は苦手だ。

江戸時代に庶民から大名まで巻きこんだ園芸ブームがあった。必要があって椿のことを調べているうちに江戸ッ児の花狂いに触れ、朝顔においての熱狂的なブームを知る。これは茎、葉、花それぞれの複合的な突然変異を愛でるもので、その百花繚乱ぶりは複製図版をながめているだけでも愉しい。

柳、龍、桐などの名称のもと、葉は波打って渦を巻き龍になり、蟬になり、蝙蝠《こうもり》になる。蔓はうねり、ときには帯になる。花は牡丹《ぼたん》咲きあり、撫子《なでしこ》咲きあり、鈴咲きありの競演がくりひろげられる。たとえば「青孔雀境渦黒鳩台獅子八重」などと名のついた朝顔がある。江戸時代の命名だが、順に葉の色かたち、茎のかたち、花の色かたち、花弁の重ねをあらわしていて、現在の遺伝的な分類と照らすことのできるものだそうだ。図版がなければ造形を想像しにくいと思うが「青系の孔雀《くじやく》葉で弱い渦《うず》があり花は黒鳩《くろばと》色の台咲き獅子《しし》様で八重の品種」となる（参照／『伝統の朝顔』国立歴史民俗博物館編）。

椿について調べたおりに知ったのだが、日本の愛好家は花だけではなく葉のかたち枝の姿、花の色、咲き具合、すべてを含めて鑑賞する。一方、欧米の愛好家は椿の花、それも咲ききったもののみを挿けて品評会の対象とする。つまり、そこでは葉のかたちや色合い（日本人がとくに好む斑《ふ》入り）は審査されず、苦心して金魚葉の椿を育てても、世界基準では評価の対象から外される。京都の古刹の庭に行けばかならずある「侘助《わびすけ》」のような咲ききらない品種は欧米人には好まれないそうだ。

珍しいものを求め、手に入れて得意になるのは、現代の愛好家も同じだろう。くわえて江戸ッ児の変化植物への熱狂には、「明日は明日。命があるとはかぎらない。今このときを心ゆくまで愉しむ」といった切実さもある。三十代で中爺《ちゆうじい》さん中婆《ばあ》さんと呼ばれた短命の時代ならではの、生きるよすがであったのだろう。椿や万年青にはまだ気の長さがある。朝顔は明け方咲いて、昼にはしぼむ一日花だ。打ち上げ花火を見物するように、鉢のまわりに皆で集い、つぼみがひらくさまに目を凝《こ》らしていたことだろう。

万年青も椿や朝顔に負けない隆盛をきわめ、現在なお愛好家が多い。挿けるさい、葉を偶数にするか奇数にするかは流派によって厳格な極《き》まりごとがある。……などと資料を読んで初めて知った。地面に生やしてほったらかしておくものか、せいぜい鉢植えにして正月の彩りとするぐらいの認識しかなかったので、挿けた作品の写真をながめつつ、なるほどこんなに養いがいのある植物なのか、と納得する。「人工的な妙がなくて何の花」と考える凜一にとっては、好都合の素材となるだろう。

凜一がどんな花を挿そうとしているのかは、私も大まかにしか摑《つか》んでいない。「白昼堂々」にはじまる全四巻の物語を通して知ったところでは、造形における表現は内面や人格といったものから独立しているべきだと、彼は考えている。花と感情的に寄り添うことを希まない。また見る者の培った感性や記憶との融和を必要とする花も、彼の目指すものではない。花は彼個人の人格を説明するものでもない。

たぶんそれは孤独な作業となる。世間ではふつう作品と情緒的に共鳴しつつ感情移入できるものを心地のよいものと評価し、自分にとって有益だと考える。その移入の度合いは大きければ大きいほど希ましいとされる。感動し共感し浄化する、という法則がいつのまにかできあがり、そういうものを多数の人たちが求めている。凜一があくまで情緒と距離を置こうとすれば、この虚構の物語のなかですら理解者は多くなさそうだ。

私自身も感動ということばに疑いを持つ人間なので、登場人物たちもしばしばその影響のもとで造形される。べつに満開の桜に感動しなくてもいい、と云いきる凜一がこの調子で流派を統率できるのか、かなり怪しい。彼にそのつもりと覚悟があっても、流派という共同体のなかで信望を得るのは容易ではないだろう。今のところ、彼の理解者は祖母である家元をのぞけば流派の部外者ばかりだ。彼がこの先どのように決断し歩んでゆくか、私の頭のなかではあるていど決めてある。だが、本シリーズはいったんここで幕を引いておこうと思う。

先日、美容室で読んでいた雑誌のなかで、華道の主だった流派のひとつにおいて十七歳の若者が家元になったという記事を目にした。彼の父は家元を継ぐ前に三十代で早世し、祖父である先代の家元も数年前に亡くなった。しばらく家元を空席として代行がおかれ、このたび彼が正式に襲名したとのことだ。この若者はこれまでに何度か式典などの花を挿しているが、流派の様式に基づく正式な伝授はこれからという。その資質を持って生まれ、環境のなかに身を置いて過ごせば、理論は後からでも遅くはないということなのだろう。たぶん、現実とはそういうものだ。

二〇〇五年一月二十日

この作品は二〇〇一年十一月、集英社より刊行されました。

長野まゆみの本

集英社文庫

白昼堂々

由緒ある華道家元の、若き跡継ぎである原岡凛一は、従姉・省子の身代わりになったことから、その男友達・氷川享介に出会う。男同士の淡い想いは、やがて運命的なものに……。好評のシリーズ第一弾。

碧空《あをぞら》

高等部に進級した凛一は、京都の大学へ進学した氷川に想いを寄せて、ひとり過ごしていた。そこへ孤独な影を持つ有沢が現れて、凛一の心を乱すのだった……。シリーズ第二弾。

彼等《かれら》

東京で大学進学を目指す凛一。京都の大学でフットボール部の主力選手として活躍する氷川。距離と誤解を乗り越えて、関係はさらに深まる……。二度とない、ふたりの季節を描く。好評シリーズ第三弾。

集英社文庫

若葉《わかば》のころ

2005年4月25日　第1刷　　定価はカバーに表示してあります。
2013年2月10日　第3刷

著　者　長野《ながの》まゆみ

発行者　加藤　潤

発行所　株式会社　集英社
東京都千代田区一ツ橋2-5-10　〒101-8050
電話　03-3230-6095（編集）
03-3230-6393（販売）
03-3230-6080（読者係）

印　刷　大日本印刷株式会社

製　本　ナショナル製本協同組合

フォーマットデザイン　アリヤマデザインストア　　マークデザイン　居山浩二

ISBN978-4-08-747811-2 C0193